Las Jubeas en flor

Angélica Gorodischer

Las Jubeas en flor

Bubula Errans

Gorodischer, Angélica
   Las jubeas en flor. - 1a ed. - Buenos Aires: Libros de la Araucaria, 2005.
   198 p.; 20x13 cm.- (Bubula Errans)

   ISBN 987-21406-3-4

1. Narrativa Argentina. I. Título
   CDD A863

Diseño de tapa: **Natacha Dinsmann**
Diagramación interior: **Susana Mingolo**

© 2004, Angélica Gorodischer
© 2004, Libros de la Araucaria S.A.

Queda hecho el depósito que marca la ley 11.723
Impreso en Argentina/Printed in Argentina

Se prohibe la reproducción total o parcial de este libro, a través de medios ópticos, químicos, electrónicos, fotográficos y de fotocopias, sin la autorización escrita de los editores. Su infracción está penada por las leyes 11723 y 25446.

Libros de la Araucaria S.A.
Casilla de Correo 2032 - C1000WAU - Buenos Aires - Argentina
Te/Fax: +54 11 43072858
dinsmann@librosaraucaria.com

A Sujer

Savoir le nom, dire le mot, c'est posséder l'être ou créer la chose.

MARCEL GRANET

Índice

Bajo las Jubeas en Flor 11

Los sargazos 34

Veintitrés escribas 48

Onomatopeya del ojo silencioso 94

Los embriones del violeta 119

Semejante día 162

Bajo las Jubeas en Flor

Ingresé en el establecimiento penitenciario Dulce Recuerdo de las Jubeas en Flor apenas una hora después de haber tocado tierra. Como yo era el capitán de la nave, se me reservó el tratamiento más riguroso: se llevaron a mis hombres a otro correccional, de régimen más benigno según se me dio a entender, y no volví a verlos nunca. No era que hubiéramos cometido algún delito grave desembarcando allí, no era que consideraran delincuentes peligrosos a todos los extranjeros, era algo mucho más sencillo y, para usar la palabra apropiada, más infernal.

El Dulce Recuerdo de las Jubeas en Flor era un enorme edificio irregular que se levantaba en medio de una llanura salitrosa. Cuando el sol estaba alto no se podía mirar para afuera porque el reflejo te quemaba los ojos. Nunca llegué a conocer todo el establecimiento, y eso que no puedo decir que me haya faltado el tiempo. Pero era una construcción completamente estúpida, de madera y piedra: parecía haber empezado en el patio central, empedrado, rodeado de celdas. Después, supuse, sentado en un rincón, mirando, se habían construido los otros pabellones, unos encima de otros, o tocándose por los vértices, o enlazándose, y las antiguas celdas habían pasado a ser oficinas y depósitos. El resultado era una confusión de construcciones de distintas formas y tamaños, puestas de cualquier modo y en cualquier parte, y todas altamente descorazonadoras. Había ventanas que daban a otras ventanas, escaleras en medio de un baño, pasillos que daban una vuelta para ir a terminar contra una pared ciega, galerías que alguna vez habrían, quizá, dominado un espacio en el que más tarde se había construido, de modo que ahora eran corredores con barandas y antepechos, puertas que no se abrían o se abrían sobre una pared, cúpulas que se habían transformado en cuartos a los que había que entrar doblado en dos, habitaciones contiguas que no se comunicaban sino dando un largo rodeo.

Pero me adelanto a los hechos. Me detuvieron apenas puse un pie en tierra, me leyeron un largo memorándum en el que exponían los cargos, y me llevaron al Dulce Recuerdo de las Jubeas en Flor. Nadie quiso contestar a mis preguntas sobre el resto de la tripulación, sobre si habría un juicio, sobre si podían tener un defensor. Nadie quiso escuchar mis explicaciones. Simplemente, estaba preso. Se alzaron las rejas de la entrada para dejarnos pasar, y mis guardianes me entregaron al director de la prisión, previa lectura del mismo memorándum. El Director dijo ¡ajá!, y me miró, creo, con desprecio; no, no creo, estoy seguro. Apretó un timbre y entraron dos carceleros de uniforme, con látigos en la mano y pistolas a la cintura. El Director dijo llévenselo y me llevaron. Así de simple. Me metieron en un cuartito y me dijeron desnúdese. Pensé me van a pegar, pero me desnudé, qué remedio. No me pegaron, sin embargo. Después de rebuscar en mi ropa y de quitarme papeles, lapicera, pañuelo, reloj, el dinero y todo, absolutamente todo lo que encontraron, me revisaron la boca, las orejas, el pelo, el ombligo, las axilas, la entrepierna, haciendo gestos sonrientes de aprobación, y comentarios sobre el tamaño, forma y posibilidades de mis genitales. Me tendieron en el suelo, no muy suavemente, me separaron las nalgas y los dedos de los pies, y me hicieron abrir la boca nuevamente. Al fin me dejaron pararme y me tendieron un pantalón y una camisa y nada más y me dijeron vístase. ¿Y mi ropa?, pregunté. Tiraron todo en un rincón, el dinero y los documentos también, y se encogieron de hombros. Vamos, dijeron. Ésa fue la primera vez que me desorienté dentro del edificio. Ellos no: pisaban con la seguridad de un elefante sabio y daban portazos y recorrían pasillos con toda tranquilidad. Desembocamos en el patio y ahí me largaron.

Descalzo sobre las piedras no precisamente redondeadas del pavimento, dolorido por todas partes pero sobre todo en lo más hondo de mi dignidad, con un peso en el estómago y otro en el ánimo, miré lo que había para mirar. Era un patio ovalado, enorme como un anfiteatro poblado por grupos de hombres vestidos como yo. Ellos también me miraban. Y ahora qué hago, pensé, y recordé manteos, brea y plumas, y cosas peores, por aquello de los novatos, y yo ahí con las manos desnudas. Qué iba a poder con tantos. Me dejaron solo un buen rato. Ensayé caras de criminal avezado, pero estaba cosido de miedo. Al fin uno se desprendió y se me acercó: muy jovencito, con el pelo enrulado y la cara hinchada del lado izquierdo.

—Uno de mis deseos más vehementes en este momento —me dijo—, junto con el de la libertad y el perdón de mis mayores, es que su dios le depare horas venturosas y plácidas, amable señor.

Debí haber contestado algo, pero no pude. Primero me quedé absorto, después pensé que era el prólogo a una cruel broma colectiva, y después que era un homosexual dueño de una curiosa táctica para insinuarse. Y bien, no. El chico sonreía y movía un brazo invitador.

—Me envía el Anciano Maestro a preguntarle si querría unirse a nosotros.

Dije:

—Encantado —y empecé a caminar.

Pero el chico se quedó plantado ahí y batió palmas:

—¿Oyeron? —gritó a todo pulmón dirigiéndose a los presos en el patio enorme—. ¿Oyeron? ¡El señor extranjero está encantado de unirse a nosotros!

Aquí, pensé, empieza el gran lío. Otra vez me equivoqué, dentro de poco eso iba a ser una costumbre. Los demás se desentendieron de nosotros después de aprobar con la cabeza, y el chico me tomó del brazo y me llevó al extremo más alejado del patio.

Había diez o doce hombres rodeando a un viejo viejísimo y nos acercábamos a ellos.

—Me mandaron a mí —decía el muchacho hablando con dificultad— porque soy el más joven y puede esperarse de mí que sea lo bastante indiscreto para preguntar algo a una persona, por ilustre que sea.

Aquí hay algo, concluí, por lo menos sé que no hay que andar preguntando cosas.

—Bienvenido sea, excelente señor —el viejo viejísimo había levantado su cara llena de arrugas con una boca desdentada, hablándome con voz de contralto—. Su dios, por lo que veo, lo ha acompañado hasta este remoto sitio.

Confieso que miré a mi alrededor buscando a mi dios.

Los que estaban en cuclillas se levantaron y se corrieron para hacerme lugar. Cuando volvieron a sentarse, el muchachito esperó a que yo también lo hiciera, de modo que me agaché imitando a los demás, y sólo entonces él también tomó su lugar.

Al parecer yo no había interrumpido nada porque todos estaban en silencio y así siguieron por un rato. Me pregunté si se esperaba que yo dijera algo, pero qué podría decir si lo único que se me ocurría eran preguntas y ya me había enterado de que eso era algo que no se hacía.

De pronto el viejo viejísimo dijo que el amable extranjero debía sin duda tener hambre, y como el amable extranjero era yo, me di cuenta de que el peso en el estómago era, efectivamente, hambre. El peso en el ánimo no, y no me lo saqué de allí hasta que no salí del Dulce Recuerdo de las Jubeas en Flor, y aun entonces, no del todo. Dije que sí, que tenía hambre, pero que no quería molestar a nadie y que solamente me gustaría saber cuáles eran las horas de las comidas. Esperaba haber respetado el estilo y que eso último no hubiera sonado a pregunta. El viejo viejísimo asintió y dijo sin dirigirse a nadie en especial:

—Tráigale algo con que restaurar sus fuerzas al amable señor y compañero, si es que desde ya podemos llamarlo así.

Imitando en lo posible los cabeceos de los demás, asentí con una sonrisa a medias. Me dolían las pantorrillas, pero seguí acuclillado.

Uno de los del grupo se levantó y se fue.

Entonces el viejo viejísimo dijo:

—Prosigamos.

Y uno de los acuclillados empezó a hablar, como si continuara una conversación recién interrumpida:

—Según mi opinión, hay dos clases de números: los que sirven para medir lo real y los que sirven para interpretar el universo. Estos últimos no necesitan conexión alguna con la realidad porque no están compuestos por unidades sino por significados.

Otros dos hablaron al mismo tiempo:

—Superficialmente puede ser que parezca que existen sólo dos clases de números. Pero yo creo que las clases son infinitas —dijo uno.

—El número en sí no existe, si bien puede ser representado. Pero debemos tener en cuenta que la representación de una cosa no es la cosa sino el vacío de la cosa —dijo el otro.

El viejo viejísimo levantó una mano y dijo que no se podría continuar hablando si se producían esos desórdenes. Y mientras yo trataba de adivinar lo que se esperaba de mí, si debía decir alguna cosa o no, y qué cosa en el caso de que sí, llegó el que había ido a buscarme comida y comí.

En un cuenco de madera había una pasta rojiza y brillante, nadando en un caldo espeso. Con la cuchara también de madera me llevé a la boca el asunto que resultó tener un sabor lejanamente marino, como de mariscos muy cocidos en una salsa suave con un regusto agrio. Al segundo bocado me pareció apetecible, y al tercero, exquisito. Para cuando me enteré de que eran embriones de solomántides cocidos en su jugo, ya los había comido durante demasiado tiempo, y me gustaban y no me importaba. Pero ese primer día dejé el cuenco limpio a fuerza de rasparlo, y después me trajeron agua. Quedé satisfecho, muy satisfecho, y me pregunté si debía o no eructar. La cuestión se resolvió por sí sola entre la presión física y mi cuerpo encogido, y como todos sonrieron, me quedé tranquilo. Ya entonces tenía las piernas dormidas y los codos clavados en los muslos, pero seguí aguantando. Y ellos siguieron hablando de números. Cuando alguien dijo que los números no sólo no existían sino que no existían tampoco como representación, y aun más, que no existían en absoluto, otro alguien entró a poner en duda la existencia de toda representación, y de ahí la existencia de todas las cosas, de todos los seres, y del universo mismo. Yo estaba seguro de que yo, por lo menos, existía. Y entonces empezó a oscurecer y a hacer frío. Sin embargo nadie se movió, hasta que el viejo viejísimo no dijo que el día había terminado: así, como si hubiera sido el mismísimo Dios Padre. Lo que me hizo acordar de mi dios personal, y empecé a preguntarme dónde se habría metido.

El viejo viejísimo se levantó y los demás también y yo también. Los otros grupos empezaron a hacer lo mismo, hacía frío y me dolía el cuerpo, sobre todo las piernas. Nos fuimos caminando despacio, hacia una puerta por la que entramos. Segunda vez que me desorienté. Caminamos bien hacia adentro del edificio, atravesando los sitios más complicados, hasta llegar a una sala grande, con ventanas a un costado, por lo menos ventanas que daban a un espacio libre por el que mirando para arriba se veía el cielo, porque en la otra pared más corta, no sé si dije que era una sala vagamente exagonal, había ventanas que daban a una pared de piedra. En el suelo había jergones, a un costado una gran estufa, y puertas, incluso una que abarcaba un ángulo. El viejo viejísimo me señaló un lugar y me advirtió que me acostaría allí después de pasar a higienizarme. Adonde pasamos todos y nos lavamos, hicimos buches y abluciones en palanganas fijas al piso y evacuamos en agujeros bajo los cuales se oía correr el agua. Y al volver, como cuando había descubierto que tenía hambre, descubrí que tenía sueño y decidí relegar el problema de mi porvenir, es decir mi situación legal y eventualmente mi fuga, para el día siguiente. Pero alertado como estaba sobre las costumbres de los presos, esperé a ver qué hacían los demás, y los demás esperaban a que se acostara el viejo viejísimo. Cosa que hizo inesperadamente sobre las tablas del piso y no sobre un jergón más grande o más mullido que yo había tratado de identificar en vano. Otros también se acostaron y yo hice lo mismo.

Pero no fue tan fácil dormir. Estaba a un paso del sueño cuando tuve que resignarme a esperar, porque todos los demás parecían hablar al mismo tiempo. Se me ocurrió que estarían hablando de mí, cosa bastante comprensible, y abrí los ojos disimuladamente para mirarles las caras y volví a equivocarme. Como yo, otros dos estaban echados y parecían dormir. Pero los restantes debatían alguna cuestión difícil con el viejo viejísimo como árbitro. Hasta que uno de los hombres le pidió que designara a tres porque esa noche eran muchos. Muchos qué, pensé, tres qué. Cerré los ojos. Cuando los volví a abrir el viejo viejísimo había designado a tres presos que en silencio se desnudaban. Me puse a mirar, sin cuidarme de si me veían o no. Uno de los tres era el muchachito de la cara hinchada. Los otros miraban a los tres hombres desnudos, los tocaban, parecían decidirse por uno y se le quedaban al lado, ordenadamente, sin precipitación ni ansiedad, y vi cómo iban echándoseles encima, cómo los gozaban y se retiraban luego para dar paso al siguiente. Los tres se dejaban hacer con los ojos cerrados, sin protestas ni éxtasis, y el viejo viejísimo seguía acostado sobre las maderas del suelo. Cuando todos estuvieron satisfechos, cada uno se acostó en su jergón y el muchachito y los otros dos entraron a los baños y por la puerta abierta oí correr el agua. Me dormí.

Al día siguiente me despertaron a gritos. No los presos, claro está, sino los carceleros. Estaban en la puerta del ángulo, los látigos en la mano, la pistola a la cintura, gritando insultos, arriba carroña basuras inmundas hijos de perra emputecida asquerosos porquerías, pero no entraban ni se acercaban. Los hombres se levantaban manoteando la ropa, estaba caldeado allí dentro con el calor de la estufa retenido por las maderas y las piedras, y muchos dormían desnudos. Yo también me levanté. Los carceleros se fueron y volvimos a pasar por las ceremonias del baño y las abluciones. Hubiera dado cualquier cosa por un café, pero guiados por el viejo viejísimo nos fuimos al patio, al mismo lugar en el que habíamos estado el día anterior. Todos se acuclillaron alrededor del viejo viejísimo, y yo decidí ver qué pasaba si me sentaba en el suelo con las piernas cruzadas. No pasó nada, y así me quedé, soñando con un desayuno caliente.

Antes de que el viejo viejísimo dijera prosigamos, yo hubiera apostado cualquier cosa a que estaba a punto de decirlo, se acercó un hombre de otro grupo y todas las caras de los del nuestro, la mía también, se levantaron para mirarlo.

—Que el nuevo día —dijo el que llegaba— esté formado por horas felices, meditación y reposo.

El viejo viejísimo sonrió y le dijo a alguien:

—Invite al amable compañero a unirse a nosotros.

Uno de los nuestros dijo:

—Considere que nos sentiremos sumamente alegres si accede a unirse a nosotros, amable compañero.

—Sólo vengo —contestó el otro— enviado por mi Maestro, quien suplica la autorización del Anciano Maestro para que uno de nosotros, deseoso de ampliar su visión de la sabiduría del mundo, pase algunas horas con ustedes, en la inteligencia de que proveeremos a sus necesidades de alimento e higiene.

—Dígale a su amable compañero —dijo el Anciano Maestro— que sentiremos el gozo de que así lo haga.

El hombre de nuestro grupo que había hablado antes repitió el mensaje y el otro se fue y al rato llegó el invitado que se unió a nosotros y otra vez empezó una conversación incomprensible acerca de números. Yo traté de entender algo, pero todo me parecía o muy tonto o muy profundo, y además tenía hambre.

Empecé a pensar en mi problema, no en el del hambre, que eso podía esperar, sino en cómo salir de allí. Era muy claro que tendría que preguntar cómo conseguir una entrevista con el Director, pero no me animaba a hacer preguntas, por lo que había dicho el chico de la cara hinchada. Y al pensar en él se me presentaron dos cosas: primero, lo que había pasado la noche anterior en el dormitorio, y segundo una idea para convertirlo en mi aliado y llegado el caso hacerme ayudar por él. Lo busqué con la mirada y no lo encontré. Medio me di vuelta y lo vi acuclillado a mi derecha, un poco atrás de mí, casi rozándome. Espléndido, me dije, y esperé un silencio de los que eran frecuentes, entre eso de los números. Cuando todos se callaron, tratando de no pensar en él, aplastado desnudo bajo los otros hombres del dormitorio, me di vuelta y le dije:

—Habría que hacer algo para que ese diente no lo molestara más.

Me sonrió como el día anterior, como si no le hubiera pasado nada, y me contestó que su dios determinaría el momento en el que finalizaría su dolor. Sigamos, decidí. Le contesté que podía ver, así, que podía ver, que su dios había dispuesto que su dolor cesara, porque yo era el instrumento designado para detenerlo. Me miró como si no me comprendiera y tuve miedo de haber cometido un error, pero al segundo le brillaron los ojos y se veía que hubiera saltado de alegría.

—Todo lo que tiene que hacer —le dije— es conseguirme una pinza.

Hizo que sí con la cabeza y fue a arrodillarse frente al Anciano Maestro. Hubo una larga conversación en la que el chico pedía autorización y explicaba sus motivos, y el viejo viejísimo aceptaba y autorizaba. El muchachito se fue, el invitado me miraba con asombro como si yo hubiera sido un monstruo de tres cabezas, y las disquisiciones sobre los números o lo que fuera terminaron por completo. Yo seguía teniendo hambre y el Anciano Maestro la emprendió con una parábola.

—Hubo en tiempos muy lejanos —se puso a contar— un pobre hombre que tallaba figuras para subsistir. Pero pocos eran los que las compraban y el tallador estaba cada vez más pobre, de modo que las figuras eran cada vez menos bellas y cada vez menos parecidas al modelo. Cuando el tallador hubo pasado varios días sin comer, las figuras que salían de sus manos eran desatinadas y no se parecían ya a nada. Entonces su dios se apiadó de él y determinó hacer tan gran prodigio que acudirían de todas partes a contemplarlo. Y así hizo que las figuras talladas cobraran vida. Mucho se espantó el tallador al ver esto, pero después pensó: Vendrán curiosos y sabios y gentes de lejanas tierras a ver tal prodigio y seré rico y poderoso. Las bellas figuras animadas talladas en los días de pobreza pero antes del hambre, lo saludaban y le sonreían. Pero las figuras monstruosas lo amenazaban y le hacían muecas malignas, y la última que había tallado, arrastrándose sobre sus miembros informes, se le acercó para devorarlo. Empavorecido el tallador pidió clemencia con tales voces que su dios se apiadó nuevamente de él y redujo a cenizas a las figuras monstruosas conservando animadas a las más bellas. Y el tallador descubrió entre éstas a una mujer hermosísima con la que se desposó y fue feliz durante un tiempo, y rico también exhibiendo a los curiosos y a los sabios sus figuras animadas. Pero la mujer, si bien de carne debido al prodigio del dios del tallador, había conservado su alma de madera, y lo martirizó sin piedad durante el resto de su vida, haciendo que a menudo pidiera a su dios entre lágrimas que volviera a la vida inanimada a sus figuras aunque tuviera que perder sus riquezas, si con ello se libraba de su mujer. Pero su dios, esta vez, no quiso escucharlo.

Me quedé pensando en el significado de la cosa y en qué tendría que ver con la muela del chico. Por cierto que todos los demás parecían haber comprendido porque sonreían y cabeceaban y miraban al Anciano Maestro y me miraban a mí, pero yo no pude sacar nada en limpio de modo que sonreí sin mirar a nadie, y esta vez acerté. Todos, salvo mi estómago, parecíamos estar muy contentos.

En eso volvió el chico con una pinza. De madera. Y me la ofreció. Iba a tener que arreglarme con eso y lo lamenté por él. Agarré la pinza y le dije lo más suavemente que pude, que para actuar como instrumento de su dios, primero tenía que saber su nombre. Se me había puesto que tenía que saber cómo se llamaba.

—Cuál de mis nombres —dijo.

Por lo visto había preguntas que sí se podían hacer. Pero lo malo era que yo no sabía qué contestarle.

—El nombre que debo usar yo —se me ocurrió.

Había acertado otra vez.

—Sadropersi —me dijo.

Para mí, siempre fue Percy.

—Y bien, Sadropersi, acuéstese en el suelo y abra la boca.

Me parecía que había dejado de equivocarme y me sentía seguro.

Se acostó y abrió la boca no sin antes mirar para el lado del Anciano Maestro, y les indiqué a algunos de los otros que le sujetaran los brazos, las piernas y la cabeza. Me dio un trabajo terrible pero le saqué la muela. Tuve que andar muy despacio, moviéndola de un lado para el otro antes de tirar para que no se rompiera la pinza. Y a él tenía que dolerle como las torturas del infierno. Pero no se movió ni se quejó una sola vez. Las lágrimas le corrían por la cara y la sangre le inundaba la boca; tenía miedo de que se me ahogara y de vez en cuando le levantaba la cabeza y lo hacía escupir. Finalmente mostré la muela sostenida en la pinza, y todos suspiraron como si les hubiera sacado una muela a cada uno.

El Anciano Maestro sonrió y contó otra parábola:

—Estaba una mujer cociendo tortas en aceite en espera de su marido. Pero se le terminó el aceite y aún quedaba masa por cocer. Se dirigió a uno de sus vecinos en procura de aceite, y éste se lo negó. Se dirigió entonces a otro de sus vecinos quien también le negó el aceite para terminar de cocer la masa. Contrariada, la mujer empezó a dar gritos y a lanzar imprecaciones a la puerta de su vivienda, suscitando la curiosidad de los que pasaban, hasta que uno de ellos le gritó: "¡Haz tú tu propio aceite y no alborotes!" Entonces la mujer se dirigió a los fondos de su casa y cortó las semillas de la planta llamada zyminia, las molió y las estrujó dentro de un lienzo, extrayendo así el aceite que necesitaba. Cuando llegó el marido, le presentó las tortas en dos fuentes y díjole: "Éstas son preparadas con el aceite comprado al aceitero, y estas otras son preparadas con el aceite extraído por mí de la planta llamada zyminia", y el marido comió de las dos fuentes y las cocidas con el aceite extraído por su mujer le supieron mejor que las otras.

Percy sonreía más abiertamente que los otros, y yo también, cabeceando. Ahora estaría en condiciones, dejando pasar un poco de tiempo, de pedirle al muchacho que me indicara cómo llegar al Director. Y mientras pensaba en eso y en mi estómago vacío, llegó la hora de comer. No hubo nada que la anunciara, ni campana, ni llamado, ni carceleros con látigo, nada. Pero el Anciano Maestro se levantó, y después de él todos los demás, y nos encaminamos a una de las puertas y llegamos al interior cálido de la prisión. Después de vericuetos que recorríamos con el viejo viejísimo a la cabeza, llegamos al gran comedor que estaba en el primer piso. Subimos y bajamos tantas veces tantas escaleras, que si me hubiera dicho que estaba en el sexto piso, lo hubiera creído. Pero desde las ventanas se veían la planta baja, los aleros y los balcones de los otros pisos y la llanura blanca bajo el sol. Muchos hombres cocinaban en fogones de piedra instalados en el suelo, y los que entrábamos íbamos dividiéndonos en grupos y nos dirigíamos a los fogones. Nos acuclillamos todos alrededor del nuestro, y el hombre que cocinaba nos repartió los cuencos de madera con la pasta rojiza y comimos.

Vi que otros hacían lo que yo quería hacer, pedir más, y cuando terminé mi ración pedí otra. Tomé mucha agua, y como el día anterior, estaba satisfecho.

Ese día se deslizó sin otro incidente, y la noche fue tranquila. Percy parecía feliz y me miraba con agradecimiento. No hubo otra comida en el día, pero no volví a tener hambre. Terminados el problema de la alimentación y el de la muela de Percy, tenía que pensar en qué haría para llegar hasta el Director y en lo que le diría cuando lo viera. Pero cuando me acosté tenía tanto sueño, que me dormí antes de haber podido planear algo.

A la mañana del otro día fueron los insultos y los gritos de los carceleros, recibidos con la misma indiferencia por los presos. Después fueron las conversaciones en el patio, la comida, más conversaciones, siempre sobre números, y otra noche. Decidí que al día siguiente hablaría con Percy. Pero en ese momento necesitaba algo más urgente: quería darme un baño. Antes de acostarnos le dije a Percy:

—Sadropersi, estimado amigo —trataba de aprender o por lo menos de remedar la manera de hablar de los presos—, quisiera bañarme.

Percy se inquietó muchísimo:

—¿Bañarse, amable señor? —miró para todos lados—. Nos bañan los señores carceleros.

—No me diga que esos brutos nos restriegan la espalda con guantes de crin.

—Los apreciados señores carceleros —(parecía que no debía haberlos calificado de brutos)— fumigan, desinfectan y bañan a los presos periódicamente, excelente señor y compañero.

—Está bien —dije—. ¿Cuándo es la próxima función de fumigación, desinfección y baño?

Pero Percy no sabía. Calculó que podría ser pronto porque la última sesión había tenido lugar hacía bastante tiempo, y tuve que conformarme con las abluciones en la palangana.

Esta noche también fue tranquila y antes de dormirme me compadecí un poco de mí mismo. Aquí estaba yo, un descubridor de mundos, preso en una cárcel ridícula con un nombre ridículo, entre gente que hablaba en forma ridícula, humillado y no victorioso, degradado y no ensalzado. ¿Y qué sería de mi nave y de mis hombres? Y lo que era más importante: ¿Cómo iba a hacer para salir de allí? Y al llegar al final de ese negro pensamiento, me dormí.

Al día siguiente volví a apartarme con Percy en el baño y le planteé mi necesidad de ver al Director.

—Al egregio Director no puede llegar nadie, amable señor.

Me contuve para no acordarme en voz alta y desconsideradamente de la madre del Director y de la madre de Percy.

—Dígame, amable Sadropersi, y si uno provoca un tumulto, ¿no lo llevan a ver al Director?

Estaba haciendo preguntas, demasiadas preguntas, pero no era eso lo que parecía llamarle la atención a Percy.

—¡Un tumulto, excelente señor extranjero y amable compañero! Nadie provoca un tumulto.

—Ya sé, claro, por supuesto. Pero en el caso teórico y altamente improbable de que yo empezara una pelea en el patio, ¿no me llevarían hasta el Director para que me castigara?

Pareció pensar en el asunto.

—Nadie pelearía con usted, amable compañero —dijo por fin.

Maldito seas, Percy, pensé, y le sonreí con toda la boca:

—Bueno, bueno, olvidemos el asunto, era una cuestión académica.

Él también sonrió:

—Hay mucho que decir en favor de las academias, egregio señor.

Me había llamado "egregio", lo cual era un honor, tal vez recordando lo de la muela. Con la cara deshinchada era un lindo muchacho y uno se explicaba que lo eligieran para el amor: me sentí realmente inquieto. En cuanto a la enigmática observación sobre las academias, la dejé pasar, no fuera que se le ocurriera hacer cambiar en mi honor el tema de los números al que ya me estaba acostumbrando, por el de las academias, sobre las que yo no sabía nada. Sobre eso de los números tampoco, desde luego, no por lo menos así como lo hablaban ellos.

Nos sentamos en el patio hasta la hora de comer, comimos y volvimos al patio, y el Anciano Maestro contó otra parábola.

—Antiguamente los hombres eran muy desdichados pues perdían sus posesiones, aun las más insignificantes y pequeñas, cada vez que se trasladaban de lugar. Llevaban sólo su mujer y sus hijos y sus parientes, al menos los que estaban en condiciones de caminar: los muy viejos quedaban atrás. Y todo eso porque aún no se había inventado el transporte. Los hombres viajaban con las manos vacías lamentando los enseres y las vestiduras que quedaban en el lugar de donde partían. Pero un hombre que debía trasladarse a una lejana ciudad, tenía una mujer a la que amaba entrañablemente. La mujer estaba enferma, no podía caminar, y el hombre se lamentaba llorando al pensar que debía abandonarla. Se acercó al lecho en el que ella yacía y la abrazó con tal fuerza que la levantó. Sorprendido, dio unos pasos con la mujer entre sus brazos, y dio otros pasos, y salió caminando de su casa cargando a la mujer, y emprendió el camino. De todas partes salían las gentes a verlo pasar, y de pronto todos comprendieron que era posible llevar de un lugar a otro cuantas cosas se pudieran cargar. Y entonces se vio a multitudes que iban de un lugar a otro cargando muebles, enseres, colgaduras, textos, joyas y adornos. Esto duró por mucho tiempo, con las gentes viajando en todas direcciones y los caminos y senderos atestados de personas felices que se mostraban unas a las otras lo que llevaban, hasta que todos se acostumbraron y ya no llamó la atención de nadie ver pasar a un hombre con un saco cargado en los brazos.

Cada vez que el viejo viejísimo contaba una parábola, yo me esforzaba honestamente por comprender el significado. De más está decir que nunca lo conseguí. Tampoco con ésta de la invención del transporte, que me pareció una tontería, aunque de cuando en cuando la recuerdo y vuelvo a preguntarme si no habría algo importante detrás de eso.

Esa noche maldita volvió a producirse una asamblea porque los hombres querían fornicar, y yo no me acosté, me quedé junto a los demás y a nadie pareció llamarle la atención. El Anciano Maestro volvió a elegir a Percy y a otros dos, que no eran los mismos de la vez pasada. Los dos se desnudaron inmediatamente, pero Percy se echó llorando a los pies del viejo viejísimo pidiéndole que le permitiera estar en el otro bando. Yo, a mí no sé lo que me pasaba. Me daba lástima el chico, y me parecía que era una porquería que lo sacrificaran dos veces seguidas si él no quería, pero al mismo tiempo estaba contento porque lo deseaba, y me daba vergüenza por las dos cosas, por desearlo y por estar contento.

El Anciano Maestro le dijo con su suave voz de contralto que lo perdonaba porque era muy joven para distinguir entre lo conveniente y lo inconveniente, pero que ya sabía él, Percy, que no estaba permitido apelar sus mandatos y que debía plegarse y obedecer a lo que se le ordenaba. Percy entonces dejó de llorar y dijo que sí, y el viejo viejísimo le dijo que le pidiera él mismo, como favor, que le permitiera ser gozado por los demás. Ahí lo odié al viejo, pero a todos les parecía muy bien lo que había dicho, hasta a Percy, que sonrió y dijo:

—Oh Anciano, venerable y egregio maestro, te ruego como favor especial e inmerecido hacia mi despreciable persona, que permitas que despierte el goce de mis amables compañeros.

El viejo viejísimo se permitió todavía la inmunda comedia de hacer como que no se decidía, y Percy tuvo que insistir. Retrocedí enfurecido, y decidí que no tomaría parte en esa bajeza. Pero cuando Percy se desnudó y nos sonrió, me acerqué a él si bien cuidando de estar siempre a sus espaldas para que no me viera la cara. Cuando todo terminó, me fui a dormir, tranquilo y triste.

Ya estaba hecho a la rutina del despertar, pero esa mañana me pareció que los insultos de los carceleros iban dirigidos personal y directamente a mí. Casi deseaba que se acercaran con los látigos y me azotaran. No por haberlo montado a Percy, sino por sentirme tan feliz como me sentía. Percy, por otra parte, me trataba como todos los días, y yo tenía que hacer esfuerzos para contestarle con naturalidad, y para mirarlo.

Tenía que distraerme, a toda costa tenía que pensar en otra cosa y sentir otra cosa. En el patio, mientras se hablaba de números (he aquí una buena pregunta que oí esa mañana: ¿Se puede con otros números construir otro universo, o bien cambiar el universo cambiando los números?) pensé otra vez en cómo salir de allí. La fuga parecía ser la única posibilidad que se me dejaba, si le creía a Percy, y por qué no habría de creerle, eso de que nadie podía llegar al Director. Pero antes iba a intentar franquearme con el Anciano Maestro por mucho que lo despreciara por lo que le había hecho a Percy, ya que parecía ser la persona más importante entre los presos. Me pregunté por qué estaría allí el viejo viejísimo. Por corromper jovencitos, seguramente. Pero ¿y Percy? Y ésas eran preguntas de las que no se podían hacer, seguro.

Después de la comida se nos acercó otro hombre de otro grupo a pedir permiso para saludar al egregio extranjero. Ya era egregio dos veces, yo. Con las formalidades de costumbre, el viejo viejísimo se lo concedió, y nos cambiamos saludos y buenos deseos. Lo que quería, él no me lo dijo, tuve que decírselo yo cuando me di cuenta, era que le mirara la boca porque le dolía una muela. Le encontré en un molar de arriba un agujero grande y feo. Le dije que se la sacaría y hubo otra retahíla de buenos deseos e inevitablemente el Anciano Maestro contó una parábola.

—Hubo una vez hace mucho tiempo un hombre que tenía un multicornio con el que roturaba su campo. Sembraba después en la época propicia y se sentaba a mirar crecer las plantas tiernas, y llegado el tiempo recogía abundante cosecha. Pero un día nefasto el animal se enfermó y, viendo que no curaba, el hombre determinó matarlo y vender su carne y su lana, y así lo hizo. No teniendo entonces animal para el trabajo, él mismo tiraba de la reja para roturar la tierra, pero el trabajo se hacía muy lentamente y se atrasaban la siembra y la cosecha, y ésta no era tan abundante como antes. Viéndolo un vecino en esos menesteres, díjole: "Desdichado, si hubieras sido prudente y hubieras esperado, probablemente el animal habría sanado y ahora no estarías agotado por el trabajo y empobrecido por la falta de buenas cosechas". Y comprendiendo el hombre que su vecino tenía razón, se sentó a la vera de su campo y se lamentó llorando durante largo tiempo.

Clarísimo, me dije. Si el hombre no hubiera matado al animal, podían haber pasado dos cosas: o que sanara, en cuyo caso podría haber seguido trabajando el campo con él, o que muriera, en cuyo caso hubiera podido vender de todas maneras la carne y la lana. Pero aparte de una superficial condena al apresuramiento, no veía yo qué había allí de tan importante como para suscitar la veneración de todos. Dejé la cuestión de lado porque la inminente sacada de otra muela había puesto a mi persona sobre el tapete y el viejo viejísimo le explicaba a mi paciente el delito que yo había cometido.

—El honorable señor extranjero desembarcó en nuestra tierra sin transmitir previamente saludo alguno con las luces de su nave y sin dar tres vueltas sobre sí mismo —decía.

Me sentí obligado a defenderme al ver la cara de pena con que me miraba el de la muela cariada.

—En primer lugar —dije—, yo ignoraba que esta tierra estuviera habitada; y en segundo lugar, aunque lo hubiera sabido, ¿cómo podía estar enterado del protocolo que exige los saludos luminosos y las vueltas sobre uno mismo? Además, no se me ha hecho comparecer ante juez alguno, ni se me ha permitido defenderme, lo cual en mi tierra sería considerado como una muestra de barbarie.

Todos estaban muy serios y el Anciano Maestro me dijo que la naturaleza es la misma en todas partes, cosa con la que yo podía estar de acuerdo o no pero que no venía al caso, y que no se podía alegar desconocimiento de una ley para no cumplirla. No le di una trompada en el hocico porque la llegada de Percy con la pinza de madera me permitió pensarlo un poco y recordar que necesitaba la benevolencia del viejo viejísimo. Hablé otra vez de los nombres, cuál de mis nombres, el que debo usar yo, y el de la muela cariada me dijo que se llamaba Sematrodio. Lo hice acostar y empecé otra vez mi trabajo. Me costó más que con Percy porque estaba más agarrada que la muela podrida del pobre chico, pero en compensación hubo menos sangre y volví a tener un éxito retumbante y a ser egregio.

Por suerte ese día no hubo más parábolas, pero a la noche el Anciano Maestro me llamó junto a él y después de propinarme una cantidad de alabanzas me dijo que quizá mi condena sería corta en vista de mi condición de extranjero venido de tierras distantes, a lo sumo veinte años. Creo que casi me desmayé. ¡Veinte años!, con seguridad que cerré los ojos y me incliné hacia el suelo.

—Comprendo su emoción —me dijo el viejo viejísimo—, yo moriré probablemente aquí adentro, ya que se me acusó, con toda justicia, de uso impropio de dos adjetivos calificativos, dos, advierta usted, en el curso de un banquete oficial —suspiró—. Por eso quiero darle, honorable extranjero y amigo, un recuerdo para que lleve a sus tierras lejanas cuando vuelva a ellas.

Y sacó de bajo su camisa un alto de papeles atados con un cordel. Yo no podía pensar más que en una cosa: ¡veinte años, veinte años, veinte años!

—Es —me decía el viejo viejísimo y yo me obligué a escucharlo— un ejemplar del *Ordenamiento De Lo Que Es Y Canon De Las Apariencias*. Guárdelo, egregio señor extranjero, léalo y medite sobre él; yo sé que le servirá de consuelo, ilustración y báculo.

Agarró los papeles. Veinte años, ¿cómo era posible?, ¡veinte años! El viejo viejísimo se dio vuelta y cerró los ojos y yo me fui y me acosté pero poco fue lo que dormí esa noche.

Y a la madrugada, para tratar de olvidarme de los veinte años, pensamiento que me impedía planear una fuga, una manera de ver al Director, algo que me permitiera salir de allí, buscar a mi tripulación y llegar a la nave, saqué los papeles y me puse a hojearlos al resplandor de la llanura blanca que entraba por una ventana. Entendí tanto como lo de los números o las parábolas del viejo viejísimo. Era como un catálogo con explicaciones, pero sin sentido alguno. Recuerdo, tantas veces lo leí: "El Sistema ordena el mundo en tres categorías: ante, cabe y so. A la primera pertenecen las fuerzas, los insectos, los números, la música, el agua y los minerales blancos. A la segunda los hombres, las frutas, el dibujo, los licores, los templos, los pájaros, los metales rojos, la adivinación y los vegetales de sol. A la tercera los alimentos, los animales cubiertos de pelos y escamas, la palabra, los sacrificios, las armas, los espejos, los metales negros, las cuerdas, los vegetales de sombra y las llaves". Y así sucesivamente, lleno de enumeraciones y enumeraciones que se iban haciendo cada vez más absurdas. Al final, preceptos y poemas, y al final de todo una frase que hablaba de un cordel que ataba todas las ideas, y que supuse que era el cordel atando los papeles que me había dado el viejo viejísimo, en cuyo caso los papeles serían las ideas. Pero lo importante no era eso sino mi condena. Y pensando en mi condena, con los papeles atados con el cordel guardados bajo mi camisa, me levanté, fui al patio comí y pasé el resto del día.

A la noche hubo otro conciliábulo de los hombres que reclamaban con quién fornicar y yo temí por Percy y por mí. Pero si bien mis temores por mí mismo estaban justificados, no era por la alegría que hubiera podido sentir al ver elegido nuevamente a Percy, sino porque al siniestro viejo se le ocurrió designarme a mí, a mí, para que hiciera de mujer de los otros, a mí. Me indigné y le dije que me importaba muy poco lo que se podía y lo que no se podía hacer, que yo era muy macho y que de mí no se iba a aprovechar nadie. El viejo viejísimo se sonrió y dijo un par de estupideces pomposas: según parecía, ser elegido para eso era una muestra de deferencia, afecto y respeto. Le dije que podían empezar a respetar a otros porque yo no pensaba dejarme respetar.

—Ah honorable señor extranjero y amigo —dijo el viejo viejísimo—, pero entonces ¿quién le dará de comer, quién le proporcionará asilo, quién lo recibirá en su grupo, quién le hará la vida soportable en el Dulce Recuerdo de las Jubeas en Flor?

Ojalá te mueras, pensé, y estuve a punto de contestar: Percy. Pero no lo hice, claro, pensando en lo que le esperaría al chico si yo lo decía. El viejo viejísimo esperaba, supongo que esperaba que yo me bajara los pantalones, cosa que no hice. En cambio di dos pasos y le encajé la trompada que había estado deseando darle desde aquella noche en que había obligado a Percy a dejarse gozar. La sangre le corrió por la cara, hubo un silencio pesado en todo el dormitorio, y el viejo viejísimo contó una parábola. Contó una parábola allí, así, con los labios partidos y la nariz sangrante, y yo lo escuché esperando que terminara para ir y darle otra trompada.

—Hubo hace muchísimo tiempo —dijo— un niño que creció hasta convertirse en hombre, y una vez llegado a ese estado en el que se necesita mujer, se prendó de una prima en tercer grado y quiso desposarla. Pero su padre había elegido para él a la hija de su vecino a fin de unir las dos heredades, y le mandó que le obedeciera. El joven hizo oídos sordos a las palabras de su padre, y una noche robó a su prima y escapó con ella hacia los montes. Vivieron felices alimentándose de frutas y de pequeñas aves y bebiendo el agua de los arroyos hasta que los criados de su padre los encontraron y los llevaron de vuelta a la casa. Allí celebraron con fastos la boda del joven con la hija del vecino de su padre, y encerraron a la prima en tercer grado en una jaula que fue expuesta al escarnio público en la plaza.

Esa parábola sí la entendí. Y como la entendí, en vez de darle otra trompada al viejo viejísimo, lo agarré del cuello y se lo apreté hasta quebrárselo. Lo dejé ahí, tirado en el suelo sobre el que siempre dormía, con la cara ensangrentada y la cabeza formando un ángulo recto con el cuello, y les grité a los demás:

—¡A dormir!

Y todos me obedecieron y se fueron a sus jergones. Me quedé dormido instantáneamente y al día siguiente no me despertaron los insultos de los carceleros sino una gritería atronadora. Todo el mundo corría de un lado para otro gritando ¡la desinfección, la desinfección! Vi entrar a un grupo grande de carceleros con los látigos en las manos. Esta vez los usaron: repartían latigazos a ciegas y los hombres escapaban desnudos por el dormitorio desnudo. Yo también escapé, tan inútilmente como los otros. De pronto los carceleros se replegaron hacia la puerta del ángulo, y entraron otros que traían mangueras. Nos alcanzaron los chorros de agua helada, aquí estaba el baño que yo había andado deseando, que se estrellaban contra nuestros cuerpos y nos clavaban a las paredes y al piso. Entonces vi que el único que no se movía era el Anciano Maestro y me acordé de que lo había matado y por qué, y los carceleros también debieron verlo al mismo tiempo que yo porque hubo una voz de mando y las mangueras dejaron de vomitar agua helada. Uno de los carceleros se acercó al cuerpo del viejo, lo tocó, con lo que la cabeza ahora negra se bamboleó de un lado al otro, y gritó:

—Quién hizo esto.

Me adelanté:

—Yo.

Pensé: si por no saludar me condenaron a veinte años, ahora me fusilan en el acto. Ni miedo tenía.

—Vístase y síganos.

Me puse la camisa y los pantalones, agarré, vaya a saber por qué, los papeles que me había dado el viejo viejísimo, lo miré a Percy y me fui con los carceleros.

Había conseguido al menos lo que quería: me llevaron a ver al Director.

—Estoy enterado —me dijo—. Ha matado a un Maestro.

—Sí —le contesté.

—Llévenselo —les dijo a los carceleros.

Me llevaron otra vez a la pieza en la que me habían desnudado y revisado y vestido de presidiario, y me devolvieron todas mis cosas. Por lo menos iba a morir como capitán y no como presidiario, como si eso tuviera alguna importancia. Pero me reconfortó. Puse el *Ordenamiento De Lo Que Es Y Canon De Las Apariencias* en el bolsillo derecho de la chaqueta. Volvimos al despacho del Director.

—Señor extranjero —me dijo—, será llevado hasta su nave y se le ruega emprenda el regreso a sus tierras lo más rápidamente posible. La acción por usted cometida no tiene precedentes en nuestra larga historia, y hará el bien de perdonarnos y de comprendernos cuando le decimos que nos es imposible mantener por más tiempo en uno de nuestros establecimientos públicos a una persona como usted. Adiós.

—¿Y mis hombres? —pregunté.

—Adiós —repitió el Director, y los carceleros me sacaron de allí.

Me llevaron a la nave. Parada sobre una llanura verde, tan distinta a la superficie salitrosa sobre la que se alzaba el Dulce Recuerdo de las Jubeas en Flor, parecía estar esperándome. La saludé militarmente, cosa que no dejó de asombrar a los carceleros, me acerqué a ella y abrí la escotilla.

—Adiós —dije yo también pero no me contestaron, y no me importó porque no era de ellos de quienes me despedía.

Miré a mi alrededor para saber si mi dios personal se venía conmigo, y despegué rumbo a la Tierra, con el sol de Colatino, como yo mismo había llamado al mundo descubierto por mí, dando de plano sobre el fuselaje y los campos y las montañas lejanas. Adiós, volví a decir, y me puse a leer el *Ordenamiento De Lo Que Es Y Canon De Las Apariencias* con cierta atención, para distraerme en mi solitario viaje de vuelta.

Los sargazos

> ...*ciento trece lirios congelados, piedras sin desbastar,*
> *los pájaros que roban la semilla en el surco,*
> *una cantidad imposible de determinar de granos de sal,*
> *criaturas cubiertas de piel,*
> *espinas, algas, narcisos, pavanas,*
> *los escudos sobre los que*
> *vuelven los guerreros muertos a sus hogares,*
> *lunas gemelas, catedrales de piedra roja y simas...*

Corresponde esta enumeración a algunas líneas de un poema escrito por Teo Kaner. No es un poema muy bueno: ni siquiera responde aproximadamente a lo que él intentaba decir. Pero es que nunca sería un poeta aunque supiera tanto de poesía, de cierta poesía. Era un hombre cansado: había abandonado, momentáneamente, esperaba, su trabajo, y se preguntaba qué haría. Como era poseedor de una barba que acababa de nacer, de una máquina de escribir, de una escopeta y de cuatro mil quince libros, decidió como primera medida alquilar una casa en el campo. Quizás, en alguna noche de amigos, había dicho de sí mismo que tenía un alma-espejo, que él en realidad no era nadie, que sus recuerdos eran ajenos y sus estados de ánimo eran producto del robo y el fraude, y así por el estilo. Pero no debe tomárselo muy en serio (era, en suma, un erudito cómodamente nostálgico), y por otra parte los amigos, buenos amigos, no lo escuchaban: organizaban en ese momento lo que dirían cuando él terminara de hablar. Le gustaba pensar de sí mismo que era un descreído, y lo era, no siempre. Minucioso, indudablemente: respetaba el orden en todas sus formas. Hacía listas de las cosas que tenía que hacer, y después las olvidaba. Pero alguna de esas cosas, muchas veces, permanecía y lo importunaba durante días hasta que se veía obligado a cumplirla con un fastidio condescendiente, de manera de no sentirse culpable. Sentía cierta desconfianza hacia las mujeres, y se acostaba distraídamente con una muchacha que había sido alumna suya, y a veces con alguna otra, después de una reunión de seminario, de un panel (le turbaba especialmente encontrarlas agresivas, ah las diosas cotidianas de la polémica; pero lo irritaba descubrirlas a la mañana siguiente domésticas y solícitas). Lo único que lo absorbía y lo entusiasmaba era su trabajo, y a pesar de eso pensaba que hubiera podido ser un ebanista competente, o un miniaturista. Un miniaturista: idilios, paisajes evanescentes, caras femeninas mofletudas y empolvadas, camafeos. Amaba a Van Eyck y al Lorenés y pensaba que alguien debería escribir alguna vez, o habría escrito y él lo buscaba, un libro que fuera el resumen, no sólo descrito sino que lo fuera como objeto, del mundo, tomado desde el Ojo de Dios o desde La Encrucijada del Tiempo.

—En primer lugar, nada de todo eso es completamente cierto, aunque el poema, sí, es malo. En segundo lugar, no alquilé la casa porque estuviera cansado o porque todo, salvo mi trabajo, concedo, me fuera estúpidamente indiferente, sino porque me resultaba insoportable tener que seguir viviendo en la misma ciudad que Virginia, imposibilitado de olvidar que hay teléfonos, automóviles, maneras de llegar y tocar el timbre. Hubiera preferido jugar a la ruleta, tener una úlcera de estómago, emborracharme todas las noches, meterme en política, todo menos pasar otro invierno como ése. Veamos, dije: irse. No era una solución muy original. Tampoco era una solución. Y no es de hombre eso de salir escapando, pero no me importaba. Pedí licencia y busqué una casa en el campo. Hablé con un tipo untuoso e infame que me trataba de doctor y revolvía papeles en una oficina árida y llena de luces, con cristales esmerilados. Odiaba los ruidos además, y había adquirido cierta práctica para sufrir; estaba entrenado, cultivaba mis tormentos sabiendo que lo hacía, acariciándolos para que crecieran, detonándolos cuando se adormecían, pero sin buen humor. Quería estar solo, en una palabra, y cartearme con el doctor Wen y salir a cazar por la mañana temprano, sin remordimientos, sin recuerdos vergonzosos de la noche anterior, sin la culpa de lo que debería haber dicho y no, de lo que no debería haber dicho, del gesto que lo había estropeado todo.

¿La casa? Construida por un inglés loco cuarenta años atrás, rodeada de árboles viejos, no demasiado lejos del río, no demasiado cerca del pueblo, gris, veleta, techos inclinados de chapa roja, persianas y chimeneas. El inglés se había suicidado apoyando el caño del revólver contra el paladar: lo habían encontrado una semana después, con los pies metidos en el río y la cara contra la tierra; al moverlo, un sapo había salido saltando del bolsillo del saco. El revólver estaba oxidado, era en otoño, y la familia se había vuelto a Birmingham.

La cerradura de la puerta del frente no era muy segura, pero no había radio ni teléfono, el motor de la electricidad funcionaba, los muebles le convenían, había una heladera y estantes vacíos para libros. En el jardín encontró un jaulón de cemento decorado imitando troncos, con el alambre roto, y una glorieta con bancos semicirculares de piedra. La casa tenía planta baja y un piso, y él pensaba ocupar solamente una pieza de abajo para trabajar, y uno de los dormitorios de arriba, el que daba al norte. Se llevó la escopeta, la máquina de escribir, una tijera, la barba, ropa, algunos libros, papel, una lata de café y el cepillo de dientes.

—Hay una mujer que podría venir a hacerle la limpieza.

Pero dijo que no. Esa noche se acostó sin comer. Al día siguiente fue al pueblo y cargó en el auto latas, jabón, una escoba, papel higiénico, azúcar, más café, y un diario que no leyó. También pomada para lustrar zapatos, un hacha, y una gamuza para la escopeta.

—El nombre de Virginia y las miniaturas que yo haría de su cara y de sus manos sosteniendo el abanico. Consideraba seriamente que algo había progresado: ya no me acordaba de ella más que de noche. La casa no se me resistió: era fría pero estaba bien dispuesta hacia mí, no tenía prejuicios ni anteriores experiencias traumáticas. La recorría con comodidad y nos llevamos bien desde el primer momento. Decidió que no me ocultaría nada, y yo le correspondí con gusto: cantaba cuando me bañaba y hablaba solo mientras bajaba la escalera acariciándole el pasamanos. El dormitorio, y el escritorio que debió haber sido la sala de estar diario pero que aceptó enseguida su nuevo papel, eran las habitaciones más cálidas. La cocina era amplia y maternal. El dormitorio de atrás, en cambio, no era exactamente eso, aunque figuraba así en los inventarios del hombre esmerilado: era un salón grande, al que se llegaba solamente desde la antecámara, abriendo unas puertas dobles.

Ahora, la historia de un hombre que encuentra el universo en una habitación de su casa no puede contarse fácilmente. Hay que acercarse y alejarse por vías más o menos indirectas, más o menos oblicuas, o de otra manera optar por no contarla. De modo que sería conveniente decir, antes de ir más adelante, que Teo Kaner se dedicó durante unos días a cambiar los muebles de lugar, poner la cama contra la pared para poder darse vuelta de noche y sentirse (nada tiene que ver el hecho de que lo hiciera dormido o no) encerrado y en cierto modo seguro, de cara al empapelado marrón claro, a girar con la mesa del escritorio de abajo buscando la luz de la izquierda pero no totalmente de la izquierda sino también un poco desde atrás de modo de no tener esa luz de frente a ciertas horas, a sacar los libros y ordenarlos, a cortar leña para las chimeneas, a ir al pueblo en busca de algo que necesitara. Una mañana llegó un hombre que vivía por allí cerca a ofertarle huevos y miel. Otra mañana llegó el comisario en un Ford negro.

—Había estado cortando ramas gruesas para leña. Pero en ese momento estaba dentro de la casa buscando alcohol, en alguna parte tenía una botella de alcohol y como todavía no estaba del todo organizado no me podía acordar dónde la había puesto, porque me había hecho un tajo en la mano izquierda. Había dejado la puerta abierta y cuando bajé estaba ahí, contra la luz. Me dijo que era el comisario y que quería hablar conmigo. ¿Sabe Su Majestad, pensé, lo que hacen

Sus comisarios en las fronteras de Su reino?, y cabezas cortadas sangrando sobre el polvo de caminos amarillos entre los granados y los alaridos. Lo invité a pasar y le ofrecí café; entró pero no quiso tomar nada. Estaba muy serio, y también apurado: se trataba de los gitanos.

—¿Los gitanos? —dije.

—Los atorrantes esos —precisó.

Empiezo a encanecer, y sin embargo mi infancia y mi adolescencia me parecen todavía tan cercanas, no cumplidas del todo. Aquí, vestirme como un caballero rural en domingo, inventar horarios, ¿por qué no campos de brezo?, me divertía: ser otro. El comisario estaba incómodo: se había encontrado con que yo no encajaba de ningún modo en su mundo estricto, pero él también me trataba de doctor. Su Majestad no tiene por qué descender a esas cosas; la corrupción, por ejemplo, debe castigarse, no hay duda. Y la ambigüedad también, preventivamente. Con la sangre en los caminos y eventualmente en los umbrales de las casas. Lo que sucedía era que una tribu de gitanos se había desencadenado sobre el pueblo.

—Ya se sabe lo que son: ladrones. Hay que andar con cuidado porque pueden ser peligrosos.

Dije que sí.

En resumen: ¿autorizaba yo a que acamparan en los límites de la propiedad (en lo que, venía a enterarme, se llamaba el descampado de Tala)? También dije que sí, aclarando que no estaba seguro de estar autorizado para autorizar.

Parece que no debía haber dicho ninguna de las dos cosas, sobre todo que sí. El comisario reprobaba. Eso me decidió a inclinarme por todos los gitanos de todas las tribus de gitanos del mundo.

—Le aconsejo que no los deje entrar, doctor, no los deje pasar el cerco ni los alambrados.

El comisario conocía bien los predios del inglés.

—Vaya a saber si no son capaces de asaltarlo o cualquier cosa, y usted está muy aislado acá.

Cualquier cosa, eso era mi asesinato. Casa trágica la del

inglés, dirían. Hasta era posible que la demolieran. No, no la demolerían: nadie enfrentaría un gasto inicuo para terminar con una conseja oscura que iría creciendo y enriqueciéndose y enriqueciendo a los que la contaran. Y siempre es más digno, también para una casa, morir de viejo y no a golpes, sea entre árboles de granada, sea entre eucaliptus.

Le dije más, nos dijimos no sé qué, el tiempo, los caminos, y lo acompañé hasta el Ford. Me prometí arrimarme hasta la tribu de los gitanos pero no fui nunca. Había encontrado el alcohol y me había desinfectado el tajo de la mano izquierda. El Ford se perdió de vista más allá de la curva. Seguí apilando leña.

Después de almorzar entró en el dormitorio del fondo. La pared frente a la puerta era curva y tenía un enorme ventanal ovalado. El sol estaba del otro lado ya de la casa y se quedó mirando la luz opaca. Era una habitación grande, vacía, un rectángulo con uno de los lados largos curvo, preñada de silencio, de frío y de sabiduría. No sólo no supo entonces, sino que no sintió miedo ni felicidad: se limitó a flotar sin asombrarse, respirando mucho más lentamente que de costumbre, con un pulso mínimo y agujas clavadas en la cara, sin peso, entre ruedas de gas y polvo. La luz de las estrellas muertas hacía cinco mil millones de años, entre otras cosas, y a pesar de los techos altos y los zócalos y los respiraderos que seguían estando allí. Era un espacio íntimo aunque fuera desmesurado, intimidad y desmesura, y seguía siendo la habitación en la que él seguía estando a pesar de haberse deslizado hacia el infinito. Su cuerpo era contenido por el universo al que su cuerpo contenía mientras la habitación los abarcaba a los dos y su cuerpo abarcaba la habitación y el universo más la habitación que era el universo y el universo les daba cabida a él y a la habitación y todo crecía o se alejaba, o se alejaba porque crecía. Sus manos-universo estaban inconmensurablemente lejos de su cabeza-habitación y no hubiera podido ver sus pies-ventana aun si hubiera podido moverse al descompás del espacio. Los soles monstruosos, el estallido antes del final, el nacimiento, el apogeo y la caída de los gigantes, todo eso lo formaba y lo mecía mientras el mosaico palpitaba y cada nueva forma era tan perfecta como la anterior y en todas brillaban los incontables temas que parecen adquirir existencia y pertenencia solamente cuando se los nombra: era sin duda que ya estaba escrito el libro desde el gran Ojo o que se reescribía eternamente todo él desde el principio al final en un solo instante, tal vez con palabras cada una de las cuales era un mundo, cosa que sólo podían saber los Escribas. La luz que entraba por el ventanal ovalado se fue apagando y pudo pensar: en alguna parte, el tiempo existe. Era de noche estrictamente en los predios del inglés y sus alrededores cuando dio vueltas en el espacio y se agarró a las fallebas de las puertas dobles. Salió a la antecámara y se sentó en el suelo, la espalda contra la pared, y pensó en Virginia. Mañana, dijo, o no dijo, los gitanos, ojalá no llueva porque la leña ha quedado afuera, cazaría una liebre, compraría huevos en lo de su vecino, mañana a la mañana. Cortó queso blando que extendió sobre rebanadas de pan negro, abrió una lata de salchichas y tomó dos tazas de café. Sí, en Hangtcheou, los maestros contadores que se sentaban en las vastas salas y desgranaban houa-pen y siao-chouo, guardaban quizás el secreto en sus mangas, sabían historias bárbaras que aun siendo solamente un cuento eran algo más y podían inscribirse o se habían escrito en el libro, en las que zorros y fantasmas hablaban a los hombres y siempre había una gran pregunta y las mujeres lloraban y los dioses ofendidos se enfurecían o se aplacaban y repartían oro y entonces las flores se convertían en joyas frágiles mientras en el mundo los hombres aprendían a comerciar y a sacar ciudades de la nada y a tejer telas con las cuales comprarían a los compiladores de genealogías: él era un sinólogo, tenía un cuerpo al que había que satisfacer, una mente con tentáculos adormecidos, y ojos con raíces, tal vez, como los de Virginia. Era muy poco lo que sabía de matemáticas, o de física, o de astronomía: estaba solo y estaba solo en la casa que había sido de un inglés muerto con un sapo en el bolsillo. Limpió la cocina, engrasó la escopeta, apagó las luces y se fue a dormir.

—Me dormí enseguida. Soñé con barcos cargados de naranjas, con precipicios, y conmigo mismo asomado a un balcón y mirándome desde abajo.

—A la mañana siguiente me llegué a verlo otra vez. No de puro comedido nomás, sino por ese temor molesto como moscones que tiene uno a veces. Es cierto que ya le había advertido, pero ese hombre solo ahí, en esa casa inmensa, con una cerradura que podía forzar un manco aunque las persianas de fierro eran bien fuertes, entre tanto árbol negro y podrido, no me gustaba nada. Yo al inglés no lo conocí, pero se me había puesto que a éste también lo íbamos a encontrar con una bala en la cabeza. Y después, que cada vez que han venido a acampar gitanos en el pueblo, hemos tenido problemas, a veces algo más que un par de gallinas en una bolsa. Habré llegado como a eso de las nueve y me pareció que no había nadie. Anduve llamando y golpeando y al final me decidí a entrar. La puerta estaba sin llave y yo tenía razón, adentro no había nadie, de eso me aseguré bien. Hacía bastante frío, estaba todo bien limpio y ordenado, la máquina de escribir tenía la funda puesta, la cama estaba tendida, en la cocina no había restos de comida. Abrí todas las puertas y después me fui para arriba y también revisé todas las piezas. La del fondo, en el piso alto, estaba vacía y hacía un frío bárbaro allí a pesar de que entraba el sol por la ventana redonda. Ni entré, porque desde la puerta vi que ahí tampoco había nadie. Me quedé un ratito apoyado en el marco de la puerta: me dio como un mareo y me pareció que no iba a poder caminar y que la pared de enfrente, la de la ventana, retrocedía a una velocidad fantástica pero sin moverse de donde estaba. Un ataque de presión, pensé, pero pasó enseguida. Me di vuelta con cuidado, cerré la puerta otra vez como estaba, y vi que ya me sentía bien de nuevo. A lo mejor era que había subido la escalera demasiado rápido, uno ya no es joven. Pero estaba más tranquilo también, porque por lo menos era seguro que no lo habían asaltado. Salí afuera y estuve sentado un rato en el auto al sol. Después enfilé para lo de Nardi que me dijo que sí, que lo había visto, que esa mañana muy temprano había llegado y le había comprado dos docenas de huevos y le había dicho que se iba a dejar los huevos en la casa y a buscar la escopeta a ver si cazaba algo. Me volví para el pueblo: un hombre con una escopeta ya es otra cosa.

El campo a esa hora, la escopeta bajo el brazo: si más tarde hubiera hablado con alguien de esos días, solamente habría podido referirse a un gran vacío blanco, algo como el negativo de una fotografía con poca exposición. Éste no es un poema de Teo Kaner:

Al amanecer extrae agua fresca del Hsiang
 y enciende la lumbre
  con los bambúes del Ch'u.
La niebla se disipa, sale el sol
 pero nadie se aproxima;
Sólo se oye el chirriar de los remos
 entre los verdes cerros y el río.
Mirando a mi alrededor contemplo el horizonte
 como si emergiese con la marea.
Por encima del precipicio
 las nubes se persiguen sin motivo
 a través del cielo,

sino de Lin-Tsun-Yüan, pero era exactamente eso, a diferencia del poema que él había escrito acerca de sus dificultades con Virginia, que seguiría siendo y no su obra, una parte del mosaico o una palabra que ha sido dicha. Sentía, en suma, que el juego de no ser nadie había sido enunciado como juego precisamente porque, como si el convencimiento emergiese también con la marea, no lo era. Por eso el vacío y por eso, aunque nunca llegó hasta el campamento de los gitanos, esa noche se acostó con una de las muchachas de la tribu.

Lo que sobre todo iba a recordar, después, de ella, serían su olor, sus dientes, y la pollera anaranjada. Confieso que pensé en el comisario, por qué no, tendido de espaldas, yo, y soñoliento. Había dos liebres desangrándose, una carta sin terminar, y yo repetidamente jugando otra vez a comenzar un juego. ¿Y si despertamos una sola vez para comprobar que la vasta soledad no es un sueño? Le pregunté cómo se llamaba, varias veces, pero no quiso decírmelo, y se fue mucho antes de que amaneciera. Hubiera querido sentarla frente a mí y hablarle, seriamente, con exactitud, como un catedrático a su atento discípulo, pero de cosas que ella no habría entendido, de cosas a las que nadie toca jamás en conversaciones y sólo de tarde en tarde en silencios, porque pertenecen a las visiones temibles, a terrenos oscuros en medio de los cuales, solos pero más solos, nos preguntamos si no seremos los únicos monstruos, cada uno de nosotros, o quizá dioses a los que todo les está permitido, incluso trasponer los límites de la sangre, la omnipotente memoria colectiva albergada en una espiral ilegible y los impulsos que nos mantienen ingrávidos dentro de una humanidad dudosa y entonces, justamente allí, despreciable. Que no me entendiera hubiera sido parte de un placer deshonroso: la castidad que sueña con la lujuria. Dormí un poco después, molesto entre las sábanas en desorden, y terminé por levantarme. Bajé a la cocina y calenté agua para hacer café.

Decidió no volver a acostarse: una hora más y empezaría a amanecer. La segunda vez que entró en el dormitorio de atrás vacío, sabía lo que había detrás de las puertas dobles y apenas entró y sintió cómo se estiraba el espacio y cómo se estiraba él con el espacio en una diástole ubicua, abrió las manos y se dejó llevar por los remolinos de fuego frío. Trató de contar pero le fue imposible saber qué había después del uno porque el uno era él mismo y el universo también lo era y sólo existía el uno; quiso sentir su pulso pero se había separado de la puerta con los brazos abiertos y ya no podía alcanzar una de sus muñecas con la otra mano. Entonces quiso recitar el enunciado de la paradoja de Langevin, el principio de Arquímedes, el alfabeto, una regla de ortografía, La Pagoda del Monasterio de la Gracia Benévola, y se vio obligado a abandonar todos sus pensamientos de hombre y a girar lentamente, la sangre casi inmóvil, más allá, al ritmo de fuga de las feroces galaxias, a la escala de condensación de las nubes de gases, de cara a las columnas magnéticas, a los túneles trabajados en la nada por los soles blancos, rodeado por explosiones silenciosas, mundo en gestación en la punta de cada uno de sus dedos, socavones, el espacio del espacio, a sus pies, donde ya no hay lugar para la locura. Hubo danzas de soles, colisiones y muertes y nuevos nacimientos y el único ruido era la luz de las estrellas que caía en millones de mundos sobre un hombre en cada uno, un escriba o un filósofo o un matemático o un poeta o un físico que escribía sordo y solo sin saber nada de los demás, un capítulo del *Ordemiento De Lo Que Es Y Canon De Las Apariencias*, leído en ese mismo instante bajo incontables formas por cientos de millones de otros hombres perplejos. A veces no, a veces en el fondo de alguna mazmorra o a la puerta de un monumento funerario o en la sala de un museo o sobre una mesa de juegos o en medio de una sesión de gabinete, alguien llegaba a crear un significado a partir de las fórmulas o los apólogos, también del principio de Arquímedes y La Pagoda del Monasterio de la Gracia Benévola. Pero entonces más allá de las espirales incandescentes en aparente reposo, el ventanal se agrisó en la madrugada. Cantaron los violines, amanecía en mundos solidificados sobre desiertos, ciudades, torrentes, fuego, plasma, barro, burbujas, asambleas, archipiélagos, acero, caravanas, ejércitos, anfibios moribundos, hielo, autómatas, viento, lava y catedrales.

—Yo sabía que íbamos a tener problemas: el miércoles a las dos de la mañana se apareció en la comisaría una gitana vieja con dos tipos patibularios con los sombreros metidos hasta acá, a denunciar que había desaparecido una chica hija de ella. El oficial casi se volvió loco con los gritos, todo para que al final vinieran a avisarle a la vieja que estaba en medio de un ataque, que la chica no se había ahogado en el río y que no la había atropellado ningún auto y que acababa de volver al campamento. Ya sé yo en qué habrá andado, todas son lo mismo. Después de eso, sin embargo, marcharon bastante derecho, pero no me quedé del todo tranquilo hasta que no se fueron.

Se separó de un racimo de cuerpos de color ardiente sin nombre que latían como vejigas orgánicas y dolorosas, capullos cósmicos uno solo de los cuales alcanzaría a sobrevivir, la casa crujió bajo la niebla de la madrugada, y abrió la puerta. Recobró en la antecámara el ritmo de su cuerpo.

Estimado Doctor Wen:
Estoy en deuda con usted, y lo peor es que no sé cómo disculparme. Contarle mis desplazamientos y mis indecisiones de estos últimos dos meses no serviría, me temo, para hacerme perdonar. Cuento con su generosidad de siempre con respecto a mi informalidad. Recibí su opúsculo sobre Wei Pa y las fotocopias del material, cosa que no hace más que aumentar mi culpa: no sé cómo me he atrevido a mencionarlo. Me he traído todo a mi nueva casa para releerlo. En realidad no es "mi" casa sino la casa de un personaje muy extraño, pero estoy viviendo en ella, lejos de la ciudad. Dejé la cátedra a cargo de mi adjunto y me tomé unas vacaciones indebidas. No he encontrado precisamente la tranquilidad de "las descollantes cumbres del T'ai-Hua", pero me he construido una soledad personal, y alterno la muerte de algún animalito comestible con el despanzurramiento de latas elegidas al azar en el pomposo almacén del pueblo, y el trabajo sobre textos con el aseo de una casa demasiado grande para mí. No he hecho nada importante. Quisiera poder decirle Estimado Doctor Wen: Una de las habitaciones de mi casa es el universo. O, Estimado Doctor Wen: Según he leído en un libro viejísimo que todavía no se ha escrito, el amor figura en la categoría de los pretextos moderados. No lo haré. Me parece más interesante volver sobre su trabajo: créame que me hubiera gustado asistir al curso. No pierdo las esperanzas de poder hacerlo el año que viene, o el otro. En cuanto al hecho de que William Hunt no mencione a Wei Pa sino al pasar en su libro sobre Tu Fu, no me extraña demasiado. No crea que disminuyo el valor de la obra, pero siempre me pareció que Hunt se movía literalmente deslumbrado por su personaje, cosa que no puede reprochársele. No tengo todavía copias de mi últi-

mo trabajo, por eso no se las he enviado. O se han demorado en mandármelas, o han llegado ya a mi departamento y el portero me las entregará a mi regreso. Le mandaré las tres que me pide en cuanto vuelva. Que será, seguro, dentro de otro mes. Pero después volveré acá en las vacaciones de verano: ya he arreglado las cosas con el administrador y he firmado un contrato por cinco años, cosa que a él le pareció inusitada, si no sospechosa. No ha habido durante años interesados en ocupar esta pobre casa, y lo que al principio le pareció una bendición, le suena ahora a extravagancia dudosa. De todas maneras, considero a la casa un poco mía, me siento inclinado a volver. Sé que usted olvidará, como siempre, mi largo silencio: esperaré sus noticias. Hasta pronto. Salude en mi nombre a Mme. Wen y a sus hijos. Muy cordialmente.

T. Kaner

"No hay hombre que no sea presa de una debilidad", se enfrentaba a veces, con las palabras de Po. No vio más a la muchacha de los gitanos. Pero volvía a Virginia, una y otra vez, cuando dejaba la casa por el departamento de la ciudad. Envejeció muy lentamente, escribió un libro sobre las nociones de poder y de humildad en las obras de los poetas chinos de la dinastía T'ang (618-906). Ocupó la casa cada vez con mayor frecuencia y durante períodos más largos. Los sábados a la mañana se iba al pueblo en busca de provisiones y amorzaba en El Holandés con el comisario y el médico. A veces iba también el farmacéutico, sobre todo en verano, cuando los ataques de asma de su mujer se espaciaban y podía dejarla sola por algunas horas. Cuando se acostaba en la cama fría y cuando salía por las puertas dobles al espacio y la sangre parecía detenida y no era dueño de su cuerpo ni de sus pensamientos, sentía la ausencia de Virginia y el peso inmutable de esa ausencia que era imprescindible pero cuya importancia en el cuadro final era mucho menor de lo que a él solía parecerle. Cazaba liebres y perdices, escribía cartas al doctor Wen, y una mañana de verano se abstuvo, debido al dibujo bajo el sol, de aplastar con una piedra la cabeza de una víbora negra y roja, junto al camino. Los soles morían y las espirales de gas opaco se alejaban hacia lo que parecía el infinito. Se cargaba de la eternidad y cuando amanecía en millones de mundos, también en el suyo, cuando caían las dinastías en las cabezas cortadas y cantaban los grillos y batallones se lanzaban al asalto y se fundían los glaciares y otra esfera roja se deslizaba por un túnel en el vacío y ciudades enteras se hundían en ríos de polvo, abría nuevamente las puertas dobles y entraba en la antecámara.

Veintitrés escribas

La Fortaleza Consternación se alza entre Arlanstepe y el lago Van, a orillas del río Dicle, más tarde Tigris. Fue erigida por un rey bárbaro en los tiempos oscuros en los que vivificantes hordas recorrían las llanuras y saqueaban las ciudades, aunque evidentemente su nombre no es de tan antigua data, con el propósito múltiple de defender las posesiones reciente y sangrientamente adquiridas; alojar en sus dependencias subterráneas a los gobernantes anteriores de la vasta región que habían constituido hasta el momento de la derrota una gran familia en el seno de la cual habían fulgurado tantas pasiones como crímenes; dar cabida a una guarnición compuesta por trescientos lanceros de a pie, otros tantos arqueros, doscientos hombres de a caballo, y veinte guardias personales cuidadosamente elegidos y adiestrados. Para la defensa se contaba con los muros y las seis torres, cada una en un ángulo pues la Fortaleza Consternación tenía una planta exagonal. Las dependencias subterráneas, si bien carentes de todo artificio, eran numerosas, herméticas y húmedas, tal como correspondía. Los veinte guardias personales se distribuían en los recintos que rodeaban el departamento real; los hombres de a caballo en la parte oeste de la terraza central, junto con sus caballos; los arqueros y los lanceros, en la parte este de la misma terraza.

Actualmente, aunque en cierto modo toda mención cronológica esté fuera de lugar y pueda inducir a enojosas confusiones, la Fortaleza Consternación es un monte erosionado, de color marrón rojizo, eternamente rasqueteado por el viento, tal como lo fuera desde el día de su construcción, que ha perdido las aristas, los remates y los techos. Y sin duda, los ocupantes. Hay un foso además. Y un solo trozo de cadena que se ha salvado de los sucesivos pillajes y que cuelga a un costado del enorme portal de la entrada que podría haber sido cantado por tantos poetas en versos que lo compararan a las abiertas fauces de una fiera del desierto.

Si bien las incontables meditaciones, odas y creaciones dramáticas sobre el tiempo constituyen una curiosidad, y a veces hasta un motivo de regocijo, no hay que dejarse llevar por las arteras palabras escritas en edades precientíficas. Tómese por ejemplo el texto correspondiente al tema del árabe loco Abdul Alhazred, pero deséchoselo inmediatamente; o los poemas del no menos loco Jost Aar; o las observaciones lírico-filosóficas de aquel monje anónimo crucificado en secreto por sus hermanos de congregación en el huerto del monasterio de Tours de Merle en algún momento del siglo doce. Nada de todo ello es aprovechable ni digno de crédito o de confianza. Las mentes más organizadas en el ejercicio intelectual pueden remitirse a dos pensamientos, uno de Einstein y otro de Langevin, sobre la naturaleza del tiempo. En cuanto a las inclinadas al ensueño y a la fantasía, nada de lo que va a narrarse puede causarles desazón alguna, motivo por el cual toda indicación bibliográfica puede resultar por ahora superflua.

En una superposición de tiempos durante la cual transcurría indudablemente el siglo veinte pero también y con la misma certidumbre los meses siguientes al abandono de la Fortaleza Consternación que aún no se llamaba así por las fuerzas del rey bárbaro que volvía a su ciudad capital para morir allí rodeado por sus esposas y su guardia personal, y también con una seguridad no menor un año de gracia de fines del siglo diecinueve y un invierno del dieciocho, y así otros, se concertó en la llanura opaca una reunión de personajes, todos los cuales tenían, si se estudian minuciosamente los caracteres y las circunstancias, algunos rasgos comunes.

Atentos a sus acciones y a las causas de esas acciones, sin comprender en absoluto al principio algunos de ellos y nunca otros lo que se esperaba que hicieran o dijeran, estos personajes se agredieron, se desesperaron, se interrogaron, y sin querer o de buen grado terminaron por colaborar en la empresa. Como la finalidad de la reunión se cumplió, tal como es posible o no que estuviera previsto, en el lapso de cierta dimensión inexistente que constara en la misma naturaleza de la tarea, las paradojas soñadas por algunos visionarios (para este punto quizá resulte útil remitirse a: Ho, L'.: *Réalité et Irréalité de Temps*. París, Moeb, 1925; Mulnö, R.: *Tres Ensayos Sobre el Tiempo*, 2ª ed., trad. de M. Ramírez Calles. Buenos Aires, Ciencia Eterna, 1918; Narváez, N. A.: *Historia Comentada de Diez Grandes Mitos Recurrentes*, Vol. II. Méjico, López Hnos., 1946; Woods, K. F.: *Times Time*. Londres, Sears, Lloyd & Co., 1911; y la obra completa del gran novelista rumano Mihail Stanciu) dejaron de serlo, aun cuando la marcha, siempre ascendente según algunos, de la historia del mundo, no acusara los efectos de este importante fenómeno.

Volviendo a la Fortaleza Consternación, fue en una tarde de otoño, y la única alma presente en el lugar, convenientemente rodeada de su envoltura carnal, era la del Remero. Nada más fácil que individualizarlo, aun si hubiera disimulado su presencia en medio de una multitud, ya que en la mano izquierda llevaba un pesado remo de madera pulida con el que a veces se ayudaba para caminar o sobre el que se apoyaba quieto bajo el sol bestial que preside los desiertos.

Los pájaros mecánicos

—Nos hicieron prisioneros más allá de Nagov, después de una retirada estúpida y a mi parecer vergonzosa. Habían sido más hábiles, más rápidos que nosotros, y aunque nuestras fuerzas eran mayores, consiguieron quebrarnos, eliminar los contactos, y dispersarnos mediante una técnica rigurosa, y, aunque despiadada si se piensa en la gran cantidad de hombres que perdieron, perfecta. Nuestra única esperanza consistía en volver y reintegrarnos al resto de las fuerzas, ínfimo, agrupado alrededor de un hospital de campaña. Pero nos desorientamos y anduvimos en círculos entre el barro y la llovizna, durante mucho tiempo. Al pasar Nagov a la carrera, no la reconocimos, no identificamos los campanarios ni la Torre del Gobernador, y seguimos viaje. Muerta, como todas las poblaciones de esa parte del país, la confundimos con Silnovi, en la creencia de que retrocedíamos. La caballería enemiga estaba emboscada esperándonos: no tuvieron más que alargar la mano para agarrarnos del pescuezo. Eran las siete de la noche y el frío nos venía matando. Estábamos empapados y embrutecidos, habíamos estado peleando desde la madrugada, y huyendo después. Nos rodearon y nos obligaron a seguir marchando hacia el norte.

—Cuando los oímos venir, a una legua de Nagov, ya hacía mucho que los esperábamos. No intentaron resistir. Yo creo que además de saber que estaban vencidos, no tenían ánimo para llevar la mano a las armas. Los uniformes blancos se les adivinaban apenas bajo el barro, estaban agotados y angustiados. Los saludé, les indiqué que nos acompañaran, hice formar a mis hombres a los flancos, y les dije a los prisioneros adónde los llevábamos. No dijimos nada más el resto del camino.

En la sala de juegos hay una vitrina en la que se guardan los pájaros mecánicos. Perfectos, improbables e inmóviles, cubiertos de plumas tornasoladas, adornados con crestas y copetes, posados en ramas secas con hojas de fieltro y flores de seda, el viejo señor solía darles cuerda y los pájaros mecánicos picoteaban y silbaban. Pero ahora que el viejo señor ha muerto, nadie los toca. Celestina Moor, que nunca dejó de ser Celestina Moor después y a pesar de su casamiento, no ha querido saber nada con ellos, y por otra parte no sale nunca de su habitación. Solamente Hina se para y los estudia de vez en cuando, si pasa por la sala de juegos. Cuando había sirvientes, se acordaba de ordenar que los limpiaran, y después ella misma lo ha hecho, alguna tarde.

La mayoría de las habitaciones está cerrada, y la del viejo señor quedó tal cual la dejara antes de salir, hace doce años, diciendo que volvería al día siguiente. Ahora Hina ha abierto las ventanas y los balcones, y ha hecho que Malca ventilara los cuartos y tendiera las camas.

—Vi el castillo desde lejos, cuadrado y oscuro, con puntitos de luz en las ventanas. Ya no llovía, nos acercábamos a todo lo que podían dar nuestros caballos. Subimos un talud hasta una terraza de lajas. Frente a las puertas, el capitán entregó las riendas a un soldado, empujó las dos hojas y entramos. Dejábamos huellas húmedas en el piso.

—El coronel Vrondt, señor —dijo el capitán.

Y vi por primera vez al dueño de casa.

Celestina Moor había tenido tres hijos. El primero fue una mujer que murió a los pocos días de nacer: al viejo señor no lo afectó la muerte de esa hija, él no quería otra mujer en la familia. El segundo fue un varón: era el que el coronel Vrondt tenía delante, extendía la mano sonriendo, decía:

—Bienvenidos.

El tercero, otro varón, estaba endemoniado, decían en Nagov; es un inservible, decía el viejo señor; será un buen marido, es tan dócil, dijo Celestina Moor, y lo casaron con la hija de Mälsen que murió de sobreparto dejando una hija, Hina.

—Espero, estimado coronel, que acepte nuestra pobre hospitalidad.

Los dos hombres se inclinan apenas, se sonríen, el dueño de casa impecable, el coronel Vrondt cubierto de barro goteando gotas sucias sobre la alfombra. El coronel Vrondt presenta a los oficiales, y después el dueño de casa:

—Y ésta es mi sobrina, Hina. Tendrás que mostrarles a los señores sus habitaciones, mi querida. Comprenderán ustedes que en cuanto a servidumbre contamos con bastante menos de lo indispensable.

Metido hasta el cuello en una tina de mármol llena de agua tibia, el jabón gris y áspero, el coronel Vrondt piensa que Hina, debe de ser porque es la primera mujer que ve en muchos meses, no deja de ser atrayente, muñecas finas, cuello largo, caderas redondas, a pesar de esa ropa. Las mujeres con las que el coronel Vrondt ha venido soñando estaban vestidas de terciopelo, abrigadas con pieles, adornadas con brillantes. Hina olerá a este jabón negro si es que alguna vez se baña. Lo que hay que hacer ahora es tratar de salir de aquí y buscar el camino más corto para reunirse al General y a lo que haya quedado de nosotros.

—Curioso personaje, el coronel Vrondt.

Celestina Moor se mece sin decir nada, las manos bajo las mantas que cubren el sillón.

—Me hace la impresión de que está al borde de un estallido, que se controla trabajosamente. Espero que no tenga conflictos: le ha mandado sus saludos y ha pedido agua caliente para bañarse. Hina y Malca han puesto al fuego todas las ollas que han encontrado, llenas de agua para que se bañen los oficiales. Comeremos tarde.

Se queda, aunque impaciente, de pie cerca de la ventana, para que Celestina Moor pueda verlo sin tener que darse vuelta.

—De todas maneras, mañana salimos, y quedan aquí bajo palabra.

Las mantas se arrugan cuando Celestina Moor mueve las manos.

Se instalaron alrededor de la mesa en el comedor que el fuego de las chimeneas no alcanzaba a entibiar, con lámparas de aceite sobre las repisas y velas en candelabros de plata sucia. Malca traía las fuentes, Hina servía la comida, una de las cabeceras estaba vacía.

—Mi madre no baja a menudo al comedor. Su salud.

En la otra, el General sonríe, con el coronel Vrondt a su derecha: se habla del tiempo, de la antigüedad del castillo.

—El núcleo original es del siglo trece, quedan solamente algunos muros.

Hina no levanta los ojos y el coronel Vrondt no recuerda si le ha oído decir alguna palabra.

—Destruido por un incendio, cuando las revueltas campesinas del siglo diecisiete.

El humo y el frío los aplastan, la comida es abundante, Malca sirve vino en las copas a cada seña del General.

—Claro que los agregados sucesivos le han dado carácter, si no belleza.

Estábamos hambrientos y debo confesar que comí con gusto, pero toda la comida fue una tortura: el cuero frío de mis botas, el General sonriente, los hilos de humo que se escapaban de las chimeneas. La sobrina se había atado el pelo con una cinta pero tenía las manos agrietadas y oscuras (más allá del borde de lana de las mangas, se veían los antebrazos blancos). Me alegró la invitación de pasar al salón de juegos. También allí habían encendido el fuego pero el salón era más chico y la chimenea tiraba. Todo era cálido y amable, con alfombras espesas en el suelo, cuadros en las paredes, mesas redondas, sillones, y una vitrina enorme llena de pájaros embalsamados.

Nos distribuimos alrededor de las mesas, Hina trajo cognac, me pregunté si el General no habría agotado esa noche en honor nuestro las últimas reservas de su bodega. Los hombres maniobraron para que el dueño de casa y yo quedáramos en la misma mesa. Tiramos los dados: él y yo seríamos compañeros. Empezaron a sonar las fichas: yo apilé las mías junto a mi codo izquierdo. Hina pasó ofreciendo cigarros en una caja abierta.

—Paso —dije.

Tenía una reina de pique entre un siete inservible y un as que podía ser una posibilidad. El que había dado descubrió el acecho: era un cuatro de pique. Pensé que era una señal de la suerte. Alcé los ojos y vi frente a mí, en la pared de la chimenea, uno de los cuadros: un hombre empuja un columpio en el que está sentada una mujer muy joven y muy rubia, la mujer se da vuelta y le sonríe. Él espera con las manos en alto a que el columpio vuelva; detrás se ve un paisaje dorado. La reina de pique: mi compañero parecía muy seguro, fumaba, bajó cartas respondiendo al acecho, tenía dos reinas. El teniente Wolfer a mi derecha elevó la apuesta, aceptamos, descubrí la reina de pique, volví a elevar la apuesta, nos aceptaron, reemplacé el acecho cubriendo con el as. Levantamos las bazas.

—Buen juego —dijo el General.

Qué contenta estaba la mujer del columpio, cómo brillaba el lago bajo el sol de la tarde. Caramillos y zampoñas. A mi izquierda, el montón de fichas se había triplicado. En cinco manos ganamos diez acechos, casi por pura suerte. Hina, en cambio, no sólo no sonreía, sino que en efecto no hablaba jamás.

—No, a mi madre no le interesan, y a mí, escasamente. Son una curiosidad. De ninguna manera. Ninguno está embalsamado: son totalmente artificiales, construidos con resortes y muelles y pequeñas piezas metálicas, y cubiertos con plumas auténticas, sí, los picos también son naturales. Una fidelidad asombrosa, cierto. Hay muchas especies, desde el pato de flojel hasta el ruiseñor. Un mirlo acuático, una tórtola, un alionín, una gaviota, un colibrí, un petrel, un pico de plata. Cantan cuando se les da cuerda, y algunos aletean o picotean el tronco.

Partieron al día siguiente, cuarenta hombres de gris montados en caballos frescos. En la casa quedaban Celestina Moor encerrada en su cuarto, meciéndose, las rodillas bajo las mantas, las manos sobre las rodillas, junto a la ventana; Hina y Malca, y los huéspedes. Un viejo abúlico recogía ramas secas en el jardín. Malca despertó cuando el dueño de casa hubo desaparecido; sirvió café, repartió entre los oficiales los cigarros que habían quedado en la caja, contó que su novio era soldado y que su padre y sus dos hermanos vivían en la casa del mayordomo y se ocupaban de los trabajos pesados: ninguno de los dos había ido a la guerra, no estaban muy bien de la cabeza, el mayor tenía convulsiones que lo volteaban como bajo los golpes de un diablo, con los ojos en blanco y tocando el suelo solamente con la cabeza y los talones; y el otro apenas si hablaba, y ni ella sabía si oía lo que le decía.

El coronel Vrondt pasó la mañana en el salón de juegos, hizo solitarios, jugó al ajedrez con Onphell, encontró un juego de chaquete incompleto, se paró frente a la vitrina e interrogó a los pájaros mecánicos, recordó clasificaciones latinas que algún escolar tal vez, Phasianidae, Tetraonide, Columbidae, aprendiera en el liceo. El almuerzo fue tan abundante y gélido como la comida de la noche anterior: pero oyó la voz de Hina.

—Permítame, Coronel. Gracias. No se moleste. Hoy no llueve. Hay un poco de barro pero van a poder pasear por el parque. Al oeste baja hasta el río pero allí la tierra está muy floja y no hay árboles.

Adiós, señor General, señor Conde, tío de Hina, adiós. Nuestra palabra de oficiales y de caballeros que no hemos de intentar escapar a su benévola hospitalidad. Adiós, señor.

—Belleza no, pero imponente, con artesonados y pinturas desvaídas en los techos, ventanales franceses cubiertos con cortinas polvorientas. Tal vez las alegorías en los cielos rasos pintados componían una historia cuyos capítulos se contaban de cuarto en cuarto: de haber podido descubrir en dónde empezaba, si en el vestíbulo de entrada, si en la última habitación, si en el centro del castillo que ya era tan difícil determinar debido a las sucesivas construcciones y destrucciones, hubiera podido estar seguro del lugar en el cual se agregarían nuevas estancias en cuyos techos estaríamos nosotros, los vencidos, y una Victoria Alada cubriendo de laureles la frente del vencedor. Hina también, pero no la encontré en la casa. Ni a Malca tampoco. Parecía habitada por un grupo de hombres aburridos: algunos dormían, otros miraban las filas de libros en la biblioteca, leían los títulos, sacaban uno, lo hojeaban y lo volvían a guardar. Mürsell pasaba las hojas plegadas de un atlas. Sonaban los dados y se repartían las cartas. Estábamos solos, con la dueña de casa que nunca salía de su dormitorio. Recorría los pisos altos, abriendo una a una las puertas de los cuartos que habíamos ocupado.

—¡Señorita Hina! ¡Señorita Hina!

Ésa era Malca llamando. Fue hasta las ventanas del salón y apartó las cortinas. Por el parque viejo, Hina pasaba frente a él.

—¿Jugamos una partida, Coronel?

—Gracias. Más tarde, puede ser.

Recorrió la terraza, la había perdido de vista, pero: vestida de terciopelo, abrigada con pieles, adornada con brillantes:

—Buenas tardes, Coronel.

Caramillos y zampoñas, en efecto, en las siete esferas del tiempo. El coronel Vrondt ignora las guerras: todo lo que quiere es acercarse a Hina que camina hundiendo las botas en el barro, las manos en los bolsillos de la chaqueta larga, el invierno del mundo.

—Había muchos juegos, pintados de blanco y verde.

En el salón de juegos cuatro oficiales dan cartas alrededor de la mesa redonda. En su cuarto del piso alto Celestina Moor se mece en el sillón junto a la ventana, las manos bajo las mantas: solamente se acuerda de cosas muy viejas y tiene miedo de las corrientes de aire. En la antecocina Malca protesta y se ríe: el capitán Preznik la abraza otra vez pero ella lo esquiva, Malca tan bonita y el novio tan lejos, ¿te hace esto él alguna vez?, y la mano del Capitán, vamos Malca.

Más allá una glorieta, el piso cubierto de hojas secas. Queda solamente un columpio: arriba, los restos de una enredadera, negros ahora y nudosos. Seguramente hubo un camino enarenado que daba vueltas alrededor de los juegos pintados de blanco y verde, el columpio se mueve cuando Hina roza una de las cadenas que lo sostienen.

—Resisten. Siéntese y yo la hamaco, como si usted fuera una niña muy chica y yo un señor obeso que ha venido a hacer una visita de cortesía y que se aburre. Y cuando usted no quiera ya hamacarse más, comeremos tortitas de anís azucarado que nos venderá por entre los barrotes de la verja un viejo que pasa con su canasta y su campana.

Después de la confusión que siguió, quedó un hombre

muerto sobre la tierra húmeda, bajo el columpio que pasaba y volvía a pasar con una alegría herrumbrosa, y el otro huyó, escapó por entre los gritos de Hina, de los oficiales que salían corriendo de la casa, del viejo babeante, párpados enrojecidos, abierta la boca señalando la trayectoria del matador. Muy poco tiempo después todo se olvidó, como era de esperar. La Victoria Alada pasó de un bando a otro, se entretuvo entre los ejércitos de gris y los ejércitos de blanco, besó a los héroes en las sienes, se mostró indecisa, resuelta, arrepentida, nuevamente segura, y un día de verano plegó las alas y se quedó definitivamente con uno de los ejércitos. Se firmó un tratado en un casino de una ciudad que en tiempos de paz había sido balneario y que volvería a serlo. Celestina Moor murió, pero no en su cuarto sino en el gran salón de la planta baja adonde nadie se explicó cómo había llegado ni por qué: los funerales fueron fastuosos. Hina se casó con un terrateniente ennoblecido gracias a la guerra y a las riquezas. Malca tuvo un hijo del capitán Preznik, pero el capitán Preznik había muerto en batalla y no lo supo nunca. El señor Conde sintió que era su deber recompensar a Malca por servicios y tribulaciones, ininterrumpidas unas, abnegados los otros, y le regaló una importante suma de dinero: el novio soldado, ahora carbonero, se casó con ella, adoptó al hijo del Capitán, y se la llevó a Nagov en donde abrieron un hotel y tuvieron otros tres hijos. La casa fue restaurada después de la guerra, después de la muerte de Celestina Moor, después de la partida de Malca, antes del casamiento de Hina: desaparecieron muchas de las pinturas alegóricas de los techos, se renovaron los cortinados y los pájaros mecánicos fueron vendidos a un coleccionista francés. Los juegos del parque nunca volvieron a pintarse de blanco y verde: se quitaron de allí y se apisonó el terreno a fin de construir una cancha de pelota. También se arrancaron de cuajo los árboles tupidos detrás de los cuales el hermano de Malca había acechado a la pareja en el columpio, al coronel Vrondt hablándole a Hina, a Hina sonriendo, al coronel Vrondt meciendo la hamaca, a Hina, una y otra vez a Hina, desde detrás de los cuales había saltado aullando hacia los juegos donde todo se inmovilizó mientras Hina gritaba y el coronel Vrondt que estaba desarmado lo enfrentaba y rodaban luchando sobre el barro, golpeándose contra los postes descoloridos uno encima del otro abrazados, y los oficiales que salían corriendo del castillo. El cuchillo había saltado pero arrastrándose los dos por alcanzarlo, uno de ellos lo había agarrado y lo había hundido en la garganta del otro y la sangre había salpicado los postes y las botas de Hina y el matador había escapado saltando la reja mientras el muerto hundía la cara en la sangre y los oficiales llegaban hasta Hina muda tapándose la boca con las dos manos. En la casa, el capitán Preznik terminaba de abotonarse la guerrera, Celestina Moor se hamacaba tras las ventanas cerradas. Nadie volvió a dar cuerda a los pájaros mecánicos, salvo el coleccionista francés.

La primavera de la vida

Pensó en levantarse e ir a ver qué pasaba, pero siguió escribiendo, trazando números prolijos cada uno en el casillero que le correspondía. Tenía húmedas las palmas de las manos y las esquinas de las hojas se doblaban hacia arriba, siete, cuatro, veintidós, ¿cómo veintidós?, dieciocho y tres veintiuno, totales. Terminó por dejar la birome sobre la mesa junto a los secantes que ya no se usan pero siguen figurando en el inventario, y la vio rodar un poco azul eléctrico oblicuamente hasta que el paquete de cigarrillos la detuvo. La camisa pegada a la espalda, tiró de la puerta: detrás todos parecían estar gritando al mismo tiempo y las voces banderillas, no es que estuviera furioso, pero así no se podía ni trabajar: A ver che, qué es lo que pasa ahora.

—El único que pudimos agarrar y es un tacaño —contestó Manero.

Y a mí qué me vienen con eso, no se las saben arreglar solos sin armar escándalo. Desgraciadamente para todos el calor no ha aflojado con la noche y nubes de bichos alrededor de las luces, allí, no en la oficina: en la oficina hay telas metálicas, uno no corre el miedo de ver cómo se le entran los bichos verdes bajo las uñas o en las orejas. Además:

—Planillas —les dijo todavía con la mano en el picaporte—, alguien tiene que hacerlas, ¿no?

—Mudo —dijo Manero—, mudo, no sabe nada, no vio nada, estaba ahí por casualidad, no tienen nada que ver.

—Pero mirá vos —soltó la puerta y se fue metiendo en la pieza—. Si querés un consejo, mejor que les digás algo.

Lo que tiene de malo el calor, sobre todo de noche que es cuando uno se ha puesto a esperar el alivio del fresco, es que parece que uno se licúa, realmente uno se licúa, y el esfuerzo que hay que hacer para no permitir que el líquido se lo trague a uno, te hace doler todos los músculos. En invierno podés mantenerte armado. Camisa celeste de mangas cortas, pantalones vaqueros, mocasines, a esa edad yo andaba de transportista, me levantaba a las cuatro de la mañana. Sandoval tiró el cigarrillo.

—Te lo regalamos —dijo.

Sufría con cada bombeo de la sangre caliente, sentía que lo fraccionaban: había visto alguna vez carnear cerdos y corderos, había visto ahogados y mutilados, y ahora se le hacía que él mismo se iba pareciendo a todo eso, que iba perdiendo los contornos del cuerpo, aun cuando sabía que morirse no es fácil.

—Llévenmelo allá atrás.

Volvió a atravesar la puerta, fue hasta el escritorio, agarró la birome y la metió en el bolsillo de la camisa: bien podría haberlo puesto a Lario a hacer esas planillas estadísticas de bichos verdes noventa y ocho por ciento de humedad ambiente temperatura en ascenso.

—Vos debés creer que sos muy vivo.

Le dijo a Manero:

—Andate nomás.

El portón de chapa rebotó contra los retenes fijos al piso.

—¿Y?

Lo empujó para obligarlo a sentarse y tuvo la sensación

un segundo antes de apoyar la mano en el pecho, el pecho cubierto por la camisa celeste de mangas cortas, que lo iba a atravesar, que la mano se le iba a mezclar con esa carne y que iban a encontrarse fundidos uno en el otro: a la mañana habría un charco espeso cubierto de moscas verdes.

Sin embargo ahí dentro del garaje cerrado todo el día, no hacía calor, fresco estaba casi podría decirse, no había bichos ni moscas y la tierra apisonada del suelo se iba a tragar cualquier cosa. La camisa se le iba secando y se le despegaba de la espalda. Flojos e inútiles, no sé si me dan más bronce cuando gritan o cuando se quedan callados, refugio amistoso este del garaje sin ventanas, vacío.

—Vos lo que estás esperando es que te fajemos para ir después y armar la gran rosca pero te aviso que conmigo no te la vas a llevar de arriba.

No le contestaba el muy imbécil, tampoco sudaba ni parpadeaba: ni un temblor, ni un músculo acá en la cara de esos que se mueven y levantan la piel sin afeitar indefensa, si yo hubiera apretado un poco más la mano de veras lo hubiera atravesado, no hubiera llegado a tocar la pared detrás de él sino que me hubiera detenido a medio camino para hurgarle en la sangre y los pulmones rosados, los míos marrones llenos de nicotina pero los de él, es tan joven, está en la primavera de la vida.

—Vamos a ver —se agachó hasta casi rozarlo—, recitame la canción patriótica ahora, cómo te llamás, cuántos años tenés, dónde vivís, a qué facultad vas, nada más que para empezar, mirá qué fácil, así se te oye la voz y nos vamos acostumbrando.

Si en vez de haber visto carnear cerdos y corderos hubiera visto carnear a pibes como éste, podría imaginarme con precisión el color de mis propias vísceras y el sonido suave que hacen al deslizarse unas sobre otras descubriéndose y desapareciendo.

—Si te morís ahora. Te das cuenta, si te morís ahora, no es que te vayás a morir pero si te morís ahora van a andar diciendo qué lástima y que estabas en la primavera de la vida, mirá qué manera de decirlo, y eso quiere decir cómo te llamás, cuántos años tenés, ¿cuántos dijiste que tenés? ¿O no lo dijiste?

Una complicada fábrica que produce líquidos y jugos: a lo mejor un hombre se muere cuando y porque su cuerpo ha conseguido por fin volver al agua que cae por los acantilados, se desliza por las piedras, evaporarse. Las manos, por ejemplo, véase cómo sudan. Lo mismo que la espalda, y ese humor como de pescado que cubre los ojos. Y frágiles tabiques frágiles como telas de araña por la mañana separan compartimientos inundados, por eso uno les tiene desconfianza a los vuelcos, al vacío, a las tormentas, todo el día oyendo y hablando, que va a venir tormenta que de hoy no pasa, metido entre las planillas el asunto ese de las estadísticas totales parciales cada día se les ocurre algo nuevo. Levantó la mano derecha y le pegó en la boca: la cabeza del pibe camisa celeste de mangas cortas pantalones vaqueros sin afeitar desde esta mañana por lo menos, saltó contra la pared, golpeó y cayó para adelante hasta que el mentón se le hundió en el pecho y le contestó la sangre, y el líquido se agitó en los compartimientos herméticos de la muerte en plena primavera de la vida.

—No te voy a dejar ni una sola marca, no te preocupés, si siquiera estás sangrando mirá, te voy a volver a llevar allá adentro y a ver si esta vez te oímos, pero si ni hay necesidad de que digás nada si no querés, te preguntan y vos decís sí o no y ya está.

La edad de Sandoval, más o menos; a Sandoval sí que se le va la mano a veces, exagera. No hay caso, hay cosas que no se aprenden nunca.

—Una paliza no es nada, creeme —volvió a pegarle del otro lado de la boca—. Yo te puedo hacer pedazos sin necesidad de andar a las patadas, cualquier cosa puedo hacer con vos, me oís, cualquier cosa, y quiero decir eso, cualquier cosa, y al final yo me voy a jubilar y vos te vas a ir pudriendo.

Que siga mudo, que no grite, tormenta no va a venir y este muchacho Sandoval no va a llegar muy lejos, ni siquiera hasta donde caen a pico las costas sobre el mar de los condenados y los ríos donde hierven las criaturas del agua con los muertos no como éste que más vivo no puede estar. Se sacó el anillo de la mano izquierda y se lo guardó en el bolsillo de atrás del pantalón, le puso la derecha sobre la cara como para ahogarlo, le apretó la cabeza contra la pared y con el otro puño cerrado le pegó bajo la oreja y lo sintió tambalear y al fin cómo se le escapaba, se le iba por entre la mano húmeda y el puño, y caía de costado sobre el banco.

—Levantate —tenía de nuevo la camisa mojada pegada a la espalda— y decí algo, hablá, nada de cuántos años tenés ni de cómo te llamás, a mí qué carajo me importa. Gritá, a ver, gritá —con el puño todavía cerrado le pegó en las costillas dos veces—, gritá, gritá, si me pedís que te siga pegando te suelto.

Lo agarró de un hombro y lo enderezó de nuevo contra la pared, la cara estaba más blanda ahora, el triunfo de las aguas, de los ríos, de las cubiertas frágiles y de los surcos.

—No vas a poder armar lío te juro, ni una marca te van a encontrar.

El mismo calor que los contenía y derretía los perfiles de las cosas, a ellos también los fundía, y bichos acorazados reemplazan prolijamente tímpanos y vísceras y córneas. Lo golpeó en la boca del estómago, se dobló, cayó al suelo, levantate, le enderezó la cabeza, volvió a golpearlo y rugientes sismos abrieron grietas en el suelo y todos los motores se detuvieron rezumando aceite, cataratas de asfalto y lava, levantate, parado sobre las laderas, gritando sobre los acantilados, confundido en un solo propósito con todo, desde amebas hasta funcionarios, otra vez con los puños en el cuello y la cara y el bajo vientre y las costillas, lo fue llevando a patadas hasta que el cuerpo golpeaba contra la chapa acanalada del portón tantas veces, hasta ser atravesado, quedar abierto, atravesarlo; quedar a medias entre adentro y afuera y hundirse en el calor indolente con la luz sin bichos a sus espaldas en el garaje vacío sin ventanas, levantate.

Capítulo VII

"El Imperio se encontraba rodeado por los bárbaros, desde el Mar del Norte hasta el Mar Negro. Para protegerse de sus incursiones, Roma había fortificado las fronteras, levantando murallas atrincheradas, y había establecido numerosas legiones en campamentos permanentes. Estas medidas de defensa fueron eficaces hasta fines del siglo cuarto; pero a partir del año 378 y durante todo el siglo quinto, los invasores empezaron a forzar las fronteras y penetraron en el Imperio al que, durante cien años, recorrieron en todos los sentidos asolando las provincias. Las invasiones constituyen uno de los hechos más importantes de la historia, ya que pusieron en peligro y más tarde destruyeron el estado de equilibrio llamado civilización, y prepararon al advenimiento de la Europa moderna. Por otra parte los invasores que se establecieron dentro de los antiguos límites del Imperio, ganados poco a poco por la cultura que minaban, inyectaron nueva vida a un mundo que agonizaba."

Lo que contó la Salamandra

Si uno camina hacia el norte partiendo del rond-point de la antigua Avenida Gall, hoy Avenida del Concordato, pasa frente a una docena de edificios de la administración pública, cruza la calle Primeras Armas, y está frente a la mole del Seminario de Estudios Históricos, que ocupa la manzana hasta la calle Victoria. La fachada del Seminario es de mármol y piedra, de estilo neo-neoclásico, con columnas y frisos, y con figuras alegóricas en las cornisas. De modo que a nadie se le ocurre mirar hacia la vereda de enfrente en la que, solamente prestando mucha atención, puede distinguirse la vidriera esmerilada de un café. Entre el Banco Meridional y la Agencia Inter-Gar, sobre la puerta igualmente esmerilada, cuelga un globo de opalina blanca en el que se lee en letras negras "Café - Bar - Las Tres Lunas - Abierto las 24 horas". Allí no hay frisos, no hay estatuas, no hay columnas, no hay hojas de acanto estilizadas, no hay inscripciones ni escudos. Y si alguien pretendiera, con justa razón a nuestro parecer, que debiera haberlos, dada la relación íntima entre las desdichas que se tejen y se destejen en el café y las murmuraciones (basadas nada menos que en la verdad) a que han dado lugar los así llamados nuevos métodos de investigación sociohistórica puestos en práctica en el Seminario (a ser aplicados solamente por voluntarios que dejan constancia escrita y jurada ante escribano público de que lo son) gracias a los progresos de la ciencia del tiempo, se encontraría con que no hay en el mezquino espacio lugar ni para poner siquiera una estatuita que representara, pongamos por caso, al Hombre Vencedor de las Dimensiones. Adentro todo es un poco sombrío: las paredes están cubiertas hasta media altura con paneles de madera oscura que rematan en pequeños espejos ovalados flanqueados por perchas de hierro. Las mesas están adosadas a las paredes y a los vidrios opacos del frente, y hay bancos de madera en cada uno de los cuales caben tres personas. A la noche el café se llena con la gente del Seminario: a otras horas hay un público más intrascendente, empleados, choferes y gente de paso; alguna pareja, a veces.

Los del Seminario suelen quedarse hasta la madrugada. Ha habido noches en las que nos hemos quedado allí hasta que amanecía, y cuando salíamos estaban limpiando las calles: parecía que había llovido e invariablemente mirábamos para arriba. Ninguno de nosotros conoce el café por su verdadero nombre, para todos es el Café de Las Víctimas, o más corto y fácil, Las Víctimas. Las víctimas somos nosotros, ya se verá o no por qué.

No hay ninguna duda de que hay que tener ganas y coraje para meterse en eso de la metodología temporal que vaya a saber por qué se llama así porque de metodología no tiene nada y sí mucho de aventura mortal aunque no he sabido hasta ahora de nadie que haya muerto en pleno trabajo o que se haya suicidado después: lo primero porque nos cuidan muy bien, y lo segundo porque aunque haciendo un examen a la ligera uno se sienta inclinado a considerar que el suicidio es en este caso una actitud justificada, conocer un instrumento tan poderoso despierta una suerte de esperanza en quien lo ha utilizado aunque sea una sola vez y con resultados desastrosos para sí mismo (cosa que no siempre ocurre: hay también no-víctimas). La aventura, pienso, debe ser lo que nos atrae y al final, nos destroza. Yo tengo mi propia historia, como no podía menos de esperarse, y la he contado más de una vez, como que este deporte de contar y recontar es una de las razones de nuestro nombre para el café. Algún día voy a contar también las de los otros, las que yo he oído, la del Príncipe Negro por ejemplo, que es una de las más grandguignolescas, o la del Ladrón Supino, que terminó enloqueciendo a tres reyes. Pero aquí y a propósito de los escribas es necesario que diga lo que contó la Salamandra.

—Yo —dijo— había hecho dos monografías, una sobre el asesinato do Tarquino el Antiguo y otra sobre las determinantes genéticas de la rivalidad entre Pompeyo y César. Ya estaba harta de Roma, harta, odiaba tener que hablar latín y no me explicaba muy bien cómo me había inclinado por temas tan convencionales. El clima de Roma antigua no me sentaba, además. De modo que hice un curso sobre Colonialismo y Emancipación y cuando lo aprobé anduve buscando aquí y allá y me decidí por una época emocionante, me pareció: 1750-1780, y por un lugar en el que sufriría menos mis ataques de asma, la pampa. Así fue como caí a Fortín Raso, convenientemente personalizada como Louis Fradier porque meterse en un lugar de ésos en esa época siendo yo, Marthe Van Beeck o su congénere criolla si era que lo conseguía, hubiera sido una locura, y para justificar el acento que no había podido borrar a pesar de los dos meses de qüilingua, y convenientemente también, provista de una historia personal, de una máquina fotográfica en el sello del anillo y de un micropoligrabador en la hebilla del cinto, a caballo, cubierta de tierra, con sed, la ropa hecha harapos donde era prudente, y disfrazando con éxito mi entusiasmo de desesperación. Conté la historia del incendio y saqueo de un puesto en el que mi imaginaria familia y yo habíamos parado a cambiar caballos, y se me ofreció hospitalidad. Y así fue como conocí a Salvador María de la Santísima Trinidad Páez Loyola.

La Salamandra mide 1,70 m y pesa 51 kg. Fuma opio y colecciona vasos de cristal. Ha vivido siempre en la misma casa, desde que yo la conozco, a tres cuadras del viejo parque del Museo, pero no siempre tuvo esa mirada que hace juego con las pocas ganas de caerle bien al mundo, y definitivamente nunca, ni antes ni después, ha hablado tanto de nada, mucho menos de sí misma, como esa noche. Nunca repitió su historia, por otra parte.

—Me protegió —miraba las luces de los globos blancos, del otro lado del mostrador—, me llevó cuanto antes a ver al cura y malditas las ganas que tenía yo de hacer confesión pero todo sea por una investigación temporal sociohistórica dije yo, y recité de memoria una lista no muy larga para no dar que sospechar, de pecados cotidianos, y recibí como recompensa la absolución y un rosario de cuentas negras. La vida en Fortín Raso para qué les voy a contar. A la noche Páez Loyola, el comandante Páez Loyola, se sentaba conmigo en lo oscuro, lejos de los fuegos y hablábamos. Yo era la única persona allí con quien él se dignaba hablar, por cuna y por formación, así decía él. Hablábamos de teología. Estaba enfermo de erudición inútil, de superstición y de culpa, y hablar lo ayudaba porque lo distraía de su miedo al infierno, a la ausencia eterna, eso era lo que lo asustaba, de dios. Veneraba la obediencia, la pureza y la humillación, y estaba tan desesperado por cumplirlas en todos sus actos y en todos sus pensamientos, corno preceptos extremos, que practicaba cotidianamente y con encarnizamiento todo lo contrario. Al principio yo grababa todo, así sirviera o no. Después suspendí hasta lo que sabía que iba a servir. Nunca escribí la monografía. Al volver me inscribí en uno de los cursos regulares, el de Monarquía y Deísmo.

Y aquí hubiera corrido peligro de terminar lo que estaba

contando la Salamandra, si no hubiera sido porque el Juglar Inerte dijo que él no soportaba las llanuras y menos la vida al aire libre y que siempre había elegido lugares al abrigo de la intemperie y que una combinación de paleolítico y espeleología, si estuviera permitida, sería lo que más le gustaría o le hubiera gustado hacer.

Entonces la Salamandra terminó su historia porque la llanura había sido su nodriza y su celestina, y yo siento mucho no recordar exactamente cada una de las palabras que dijo, entonaciones de voz, silencios no porque largó todo de un tirón y no hubo silencios ya que ni parecía escucharnos si hablábamos y era como si fuera ella la que siempre seguía hablando, pero dicho sencillamente y desde afuera, nos explicó o intentó explicarnos que se había enamorado de Páez Loyola porque un mundo como el de la llanura amarilla y el viento y el miedo y la soledad lo puede empujar a uno a errores que son verdaderas traiciones, cosa que pienso que ella tampoco creía del todo. Creo que no, que no lo despreciaba, y creo también que tendría que haberse puesto en tratamiento hace mucho tiempo, pero al fin y al cabo quién soy yo para decir una cosa semejante si mi situación es tan parecida a la de ella y ésa es otra de las razones por las cuales seguimos juntos.

—Él lo supo, porque por prisionero que estuviera de sus confusiones y de sus supersticiones, no era insensible ni tonto.

La Salamandra sostuvo que, en su personificación de Louis Fradier, solamente había inspirado repulsión a Páez Loyola cuando él se dio cuenta de ese amor, y que por eso él había maquinado la trampa que le permitiría matarla, matar a Louis Fradier, cruelmente y cuanto antes. Razonamiento también bastante frágil: la Virtud Perecedera y Sésamo Dos le ofrecieron otra visión de las cosas, que yo puedo compartir o no pero que nunca le daría en caso de que sí: la de Páez Loyola enamorado de Louis Fradier, retrocediendo espantado ante sí mismo y ante el supuesto muchacho, precisamente a causa de sus confusiones y sus supersticiones, y planeando esa muerte para defenderse y salvarse. Ella no dijo nada porque debe de haberlo pensado muchas veces y haberlo cubierto de razonamientos en contra otras tantas.

—Y como yo no sospechaba nada —dijo—, y estaba tan sola y no podía dejar de tenerlo frente a mí todo el día y faltaba tanto para terminar el plazo y que me fueran a buscar, decidí un día que esa misma noche le diría la verdad, pero nunca tuve tiempo. Al mediodía me acusó ante un tribunal improvisado, él, un sargento y un cabo, de ser un espía al servicio de Francia y de estar preparando la destrucción de la línea de fortines con la complicidad de los indios. Yo casi no me defendí: pensaba que estaba convencido de lo que decía y me parecía casi admirable. Llamaron a un soldado y le ordenaron que revisara el jergón en el que yo dormía. El cabo fue con él. Volvieron con un mapa de los fortines y de las tolderías más próximas dibujado en un papel arrugado y me condenaron a muerte. Entonces me di cuenta de todo y no tuve ánimos para intentar una verdadera defensa. Dije sin embargo que mi verdadero nombre era Marthe Van Beeck y que quería hablar en mi descargo y como si no me hubieran oído me llevaron afuera y formaron el pelotón de fusilamiento, no dentro del Fortín sino junto a la empalizada, en el campo, y cuando el sargento dio la orden de apuntar, Páez Loyola me gritó que tirarían mi cadáver para que se lo comieran las alimañas y los caranchos, y que sólo me concederían, por pura generosidad cristiana, una sumaria absolución y el tiro de gracia. Del tiro de gracia se encargó él mismo.

Creo que esa noche nadie contó nada más, y eso con lo afectos que éramos a contar y volver a contar nuestras historias. Cuando salimos todavía no había amanecido: las calles estaban sucias, los faroles encendidos, y un borracho que doblaba la esquina hacia Las Víctimas, cantaba "El adiós del marinero". Las puertas del Seminario estaban cerradas, tomamos por Victoria hacia el oeste justo cuando el borracho gemía "olor a brea y a tifooooooóon". Después ya no lo oímos más.

Un hombre importante

No puede decirse que mis comienzos hayan sido fáciles, no, de ninguna manera. Será por eso que pienso que lo que se obtiene sin grandes sacrificios carece de, de verdadera estabilidad, de solidez, y de méritos, eso es, de méritos. Si un hombre hereda una gran fortuna, digamos, en qué consiste su mérito, vamos a ver. Solamente en conservarla, y eso en el caso de que la conserve y no la dilapide en una vida orgiástica o en negocios disparatados. Todo lo cual no constituye ningún ejemplo para la juventud, ¿no es así? El mínimo trabajo de conservar una fortuna, quiero decir, porque el derroche y la estupidez no sólo no son ejemplares, sino que rayan en lo delictuoso. Yo nací en Hersksilla, un pueblito de Europa Central que ya no existe. Todavía me parece verlo: una sola calle, estrecha y empinada, flanqueada por casas de madera cubierta de nieve durante nueve meses del año, de barro dos meses, y de tierra y yuyos el mes restante. Y desde allí, desde ese humilde conglomerado de casas rústicas habitadas por pobres gentes sin horizontes ni ambiciones, he llegado a esto. ¿A fuerza de qué? A fuerza de contracción al trabajo, de voluntad, de honestidad, y por qué no decirlo, de visión de futuro. Cualidades todas que pueden y deben cultivarse desde la infancia si queremos que los niños de hoy sean los hombres de provecho del mañana, útiles a la sociedad y al país. Yo me pregunto: si todas las gentes de aquel pueblito perdido hubieran recibido una educación adecuada, sana, sin soluciones de continuidad, una educación que les hubiera abierto los ojos a la realidad del mundo actual y que les hubiera señalado el camino a seguir, ¿cuántas de ellas no habrían alcanzado los grandes destinos a los que estaban llamadas dadas sus cualidades intrínsecas adormecidas por la ignorancia y por la falta de fe en sí mismas? Eso es lo que me pregunto. Hubo muchos de mis compañeros de correrías infantiles que no carecían de fuerza de voluntad, de ingenio, de cierta lucidez si puedo llamarla así. Y sin embargo, yo fui el único que entrevió la necesidad de dejar ese lugar si quería convertirme en Alguien; el único que tuvo la voluntad suficiente para viajar a pie, mendigar, aceptar los primeros, modestos trabajos, progresar a fuerza de sacrificios y privaciones, independizarse y poder decir al cabo de los años con legítimo orgullo: He sido el fundador de este enorme imperio industrial y comercial cuyo nombre resuena en todas las ciudades del mundo, cuyos productos se consumen en todos los países, como se consumirían también en Hersksilla, si aún existiera. Tal vez en mí esas cualidades innatas eran más fuertes que en mis compañeros y por lo tanto no necesitaban del toque de diana de una educación adecuada para despertar a la vida, no sé, y por eso mis amigos de la niñez se quedaron, vegetaron, y viven, o han muerto quizás, en alguna parte ignota del mundo. Porque lo cierto es que nunca tuvimos una escuela merecedora de ese nombre, y sí solamente un galpón medio derruido, al lado de la iglesia, en el que Marcos, el maestro, daba lecciones cuando no estaba enfermo, que era pocas veces, a una recua de chicos de todas las edades que lo único que hacíamos era alborotar en espera de la hora de salida que podía ser cualquiera, según el humor del maestro. Tipo raro este Marcos, hombre culto, me doy cuenta ahora, pero indisciplinado, enfermo de los pulmones y del trago, solitario, poco hablador de sí mismo. Casi tan raro como el cura Osponio que no vivía en el pueblo y que llegaba en un carro tirado por dos bueyes y conducido por Ravi el sordomudo, una vez a la semana, a augurar el fin del mundo y de paso a oficiar. He pensado muchas veces que había una buena colección de gentes extrañas en mi pueblo, ya ve, lo sigo llamando mi pueblo aunque no sólo ya no lo sea puesto que soy ciudadano de esta gran nación generosa que me acogió en su seno, sino que ni siquiera existe, que haya sido barrido por los avatares de una guerra, aunque se haya perdido en el olvido y nadie lo recuerde, nadie salvo yo, y eso porque nunca he negado mi origen humilde por el que, por lo contrario, siento un legítimo orgullo. Estaban Marcos y el cura, en primer lugar. Estaba también la señora Selene, enormemente gorda y blanca, recluida desde la muerte de su marido, años atrás, de la que todo el mundo hablaba y a la que nadie parecía conocer. Yo, por lo menos, no la vi nunca. También hubo un personaje que si bien no era del pueblo vivió un tiempo largo allí, al que los chicos, ya no sé por qué, llamábamos el Príncipe Negro, y del que los viejos decían que tenía pacto con el diablo. Y el bobo Rustl. Y como siempre, había un pobre tipo que era el blanco de todas las murmuraciones, las bromas y las burlas, y debo reconocer que las nuestras, las de los chicos, eran las más crueles. El sastre, me acuerdo de él como si lo hubiera dejado de ver ayer nomás. Flaco, casi calvo, con sus anteojos de aros de metal, grisáceo como el guardapolvo que no se sacaba jamás, el sujeto ideal para que todo el mundo descargara en él su parte de maldad. Y en un pueblo como éste tenía la peor de las desgracias, era cornudo. La mujer era apetitosa, entrada en carnes, siempre sonriente, y se acostaba con Pold, el herrero, un rival que no me gustaría tener, créame. Y el marido lo soportaba todo sin decir nada. Trabajaba y trabajaba y terminó por casi no salir de la casa, por dejar de ir hasta a la taberna, en donde o se le hacían alusiones entre risas o se lo miraba con lástima. Y cuando la mujer dio a luz una chica, todo el pueblo desfiló por la casa con el pretexto de la cortesía, para ver si se parecía o no a Pold. Se parecía, claro, o por lo menos eso es lo que creo recordar. Se imagina cómo recrudecieron las risas y las burlas. Dos de mis compañeros, Jörg y Lule, yo no me metía jamás en esas cosas, ah no, se disfrazaron un día, un día que Marcos estaba enfermo y andábamos vagabundeando sin saber qué hacer, de Pold y de la mujer del sastre, y pasaron toda la mañana frente a la tienda del pobre hombre, ida y vuelta, ida y vuelta, haciéndose arrumacos. Qué raro no me acuerdo si fue Jörg el que se disfrazó de Pold y Lule de la mujer, o al revés, no me puedo acordar. Pobres chicos, al poco tiempo sucedió algo espantoso: jugando en el campo del viejo Rumberg adonde nos había dado por ir todos los días, no sé cómo, se quedaron encerrados dentro de una casilla vieja que había servido de taller de carpintería, la puerta se atascó y no se podía abrir ni desde afuera ni desde adentro y ventanas no había. Los demás nos fuimos a buscar un hacha para echar la puerta abajo, y cuando volvimos, tardamos bastante, usted sabe lo que son los chicos, siempre dispuestos a distraerse con lo que les salga al paso, cuando volvimos la casilla estaba en llamas. Vaya a saber cómo fue que empezó el fuego: era verano y estaba todo reseco, calcule cómo ardió eso, todo lleno de viruta de madera, pobres criaturas. Fue un verano particularmente desdichado: hubo pestes en los chiqueros, se derrumbó el puente, los pozos estuvieron a punto de secarse. Y el de la casilla del viejo Rumberg no fue el único incendio, no, también hubo un fuego en la casa de Pold, la primera entrando al pueblo si uno venía del sur, pero fue de noche y alguien vio el resplandor y los hombres que estaban en la cantina salieron y despertaron al herrero y entre todos lo apagaron. Después murió también en un incendio el tuerto Biwi, un borracho consuetudinario que se acostó a dormir sobre una pila de leña. Era un tipo desagradable y peleador que se metía con todo el mundo, violento cuando estaba borracho que era casi siempre, al sastre lo tenía loco, creo que fue él el verdadero causante de que el infeliz ni se atreviera a salir de la casa. Hubo alguna otra desgracia, tengo tan presente ese verano porque yo tenía trece años y fue en esa época de mi vida, casi un niño, fíjese, cuando decidí irme del pueblo y tentar fortuna en una gran ciudad, ah sí, ya me acuerdo, dos muchachos, mayores que nosotros, uno de ellos quedó ciego y el otro perdió una mano. Estaban trabajando en el horno del pan, se acercaba la fiesta de San Rufo y todo el mundo tenía algo que llevar al horno del panadero, de modo que el hombre tuvo que tomar a estos dos muchachos como ayudantes. El horno explotó. Algo se dijo después, que habían encontrado un bollo de trapos entre los restos del horno, una bola impregnada de algo inflamable, pero debe haber sido el panadero mismo el que dijo todas esas cosas, porque no se resignaba a haber perdido el horno y a cargar con la responsabilidad de haberlo hecho trabajar a demasiada presión; además había tanta cosa, tanto cachivache por ahí, el panadero era soltero y bastante descuidado, que vaya uno a saber. De todas maneras fue un año de desgracias, dos muchachos jóvenes, quién sabe si no hubieran preferido morir en la explosión a quedar inválidos. No me acuerdo cómo se llamaban, como le digo eran mayores que nosotros, ya andaban en otras cosas, se hacían los gallitos, iban a la taberna, corrían detrás de cualquier cosa con polleras, y hasta habían probado suerte con la mujer del sastre, ellos decían que con éxito pero lo dudo mucho. No, creo que después de eso la mala suerte dejó en paz al pueblo, por lo menos no hubo más incendios. Unos años después sí que hubo un incendio grande, yo estaba en París en ese momento, tenía veinte años y ya era subjefe de ventas de la Sydenham Co. y mantenía correspondencia con mis padres; murieron unos años después y ya no tuve a quién escribirle, así que dejé de tener noticias de mi pueblo. Mi padre me escribió por ese entonces contándome cómo se había incendiado la casa del sastre, pobre hombre, como si no hubiera sufrido bastante en la vida. Insignificante y apocado como era, quién lo hubiera creído, se portó como un héroe, se metió en la casa en llamas porque nadie sabía dónde estaba cuando había empezado el incendio pero de repente había aparecido corriendo por la calle, se metió en la casa y sacó a la hija en brazos, casi ahogada por el humo, esa hija que decían que no era de él sino de Pold, se acuerda, pero a la mujer ya no la pudo sacar nadie, ni él ni nadie. En cuanto el sastre salió, casi desmayado, tosiendo, se vino abajo el techo y hubo que esperar que se enfriaran las brasas para sacar lo que quedaba de ella, imagínese qué cuadro. Tristes historias hay también en esos pueblos chicos, mi amigo, casi podría decirle que un novelista podría encontrar en esas pequeñas comunidades perdidas tanto material para escribir una gran novela de las miserias y las grandezas humanas como en una gran ciudad. Pero me he dejado llevar por recuerdos personales, íntimos, y no es de eso de lo que usted vino a hablar aquí, ¿no es cierto? En fin, supongo que toda esta parte no tiene interés para usted y podemos considerar que no tiene nada que ver con la entrevista, de modo que no se publicará, ¿no?; son cosas que no sé cómo me han venido a la memoria hablando de mis primeros años. Lo que yo quería decirle ante todo acerca de mis comienzos es que

El huésped

Durante el año 8 de Kansho, luchaban los Hatakeyama, Yoshinari y Masanaga, señores de Kawachi, por la gobernación general de Kyoto. Los que no morían en la guerra, las mujeres, los ancianos y los niños, por ejemplo, que son tradicionalmente los últimos en morir cuando de guerras se trata, eran diezmados por la peste, o degollados, torturados y violados cuando huían hacia las montañas, por las bandas de desertores convertidos al crimen, que infestaban los caminos y los bosques. Desdichadamente (eso, desde el punto de vista del hijo único del señor de la Casa entre los Juncos) había algunos que no morían.

La historia, tal como me ha sido narrada, no parece del todo verosímil, si se tienen en cuenta el carácter y la formación de este hombre erudito y pacífico. Pero no hay duda de que la verosimilitud no tiene mucho lugar en la vida cotidiana ni en las acciones de los hombres, sus causas y sus efectos, de modo que puede dársela por cierto, o, para los espíritus escépticos, por posible.

Todo empezó con un fantasma. Uno de esos que, como todo el mundo sabe, aparecen en los lugares abandonados, de esos que caminan al lado de cualquier hombre y que se le muestran o no según su capricho. En este caso fue una zorra que se plantó en el camino que va desde la Casa entre los Juncos hasta el puente mayor que cruza el río, mostrando los dientes y con evidentes intenciones de no dejar pasar al caminante sin infligirle un daño atroz. El caminante era ese día el ahora dueño de la Casa. Pero como este hombre era versado en muchas y muy diversas materias, conocía los poderes, las costumbres y también los temores que habitan a los fantasmas, y, sin demostrar miedo, le hizo frente. El animal comenzó a retroceder y el hombre a avanzar. Cuanto más débil era el retroceso de la zorra, más decididos eran los pasos del hombre. Al fin el fantasma con forma de zorra se vio acorralado contra un cerco espinoso y ya no pudo huir. Entonces habló, con esa voz rechinante que es propia de los que han estado muertos mucho tiempo, y prometió a su perseguidor que le indicaría el escondite de un tesoro si la dejaba ir, si apartaba la mirada, si no se movía y permitía que desapareciera. Después de pensarlo un poco, pues como hombre sabio conocía lo que hasta los más ignorantes saben: las traiciones de las que son capaces esos seres, el hombre aceptó. La zorra le dijo que debajo del tercer escalón de la escalinata de acceso al templo recientemente destruido, del otro lado del agua, encontraría cinco barras de oro. El hombre se rió con incredulidad, pero cumpliendo su palabra, cerró los ojos y dejó que el fantasma se marchara o desapareciera. Después volvió a su Casa, se hizo servir la comida, dormitó unos minutos sentado en su jardín, y volvió a su biblioteca.

Pero al día siguiente pidió una herramienta a su jardinero, y se dirigió al templo destruido. Donde, debajo del tercer escalón en la escalinata de acceso, encontró cinco barras de oro. Qué extraño, se dijo. Porque él había esperado encontrar un esqueleto mutilado, un animal ponzoñoso o cualquier otro objeto o ser desagradable y peligroso a modo de burla del fantasma. Todavía se dejó llevar por la duda y expuso, riesgosamente, ya que no estaban los tiempos para andar exhibiendo riquezas, las barras de oro a la luz del sol. Pero como no desaparecieron ni cambiaron de color ni de forma y como proyectaban una sombra en el suelo, las envolvió en la bolsa en la que había llevado la herramienta y las transportó a la Casa, en donde las ocultó bajo el piso de su dormitorio.

Ése fue un día de serena felicidad. Si bien su padre le había legado una fortuna más que discreta con la cual, en tiempos de paz, hubiera podido consagrarse durante el resto de su vida al estudio y a la meditación, no hubiera podido disponer de una gran suma para, durante esta guerra que amenazaba alargarse y extenderse indefinidamente, comprar esa misma tranquilidad que le pertenecía por derecho y por necesidad. Ahora podría presentarse ante el shogun con sus cinco barras de oro, y cambiarlas por un decreto que lo eximiera de prestar servicio civil o militar alguno en la contienda, y por una segura protección sobre su Casa, su servidumbre, sus posesiones y su persona. Esa noche bebió abundantemente y escribió un poema sobre la felicidad.

Tres días después, mientras empezaba a tomar las disposiciones para su viaje, llegó un visitante. El dueño de la Casa entre los Juncos era un hombre devoto y hospitalario: monjes itinerantes y peregrinos que llegaban con la zuda sobre el pecho y el bastón de anillos, podían estar seguros de encontrar allí una bondadosa acogida. El visitante no fue una excepción. Se lo recibió en la habitación del sur y el dueño de casa se ubicó en la toko-no-ma, y allí hablaron largamente.

Ése fue un día infausto y toda la alegría y la expectativa de los días anteriores parecieron desaparecer mientras los espíritus de los condenados asura se apoderaban del anfitrión que comprendía por fin la traición de la zorra.

Lo que contó el visitante: Un año atrás fui nombrado adjunto del shitsuji de la provincia, y me establecí a diez cho de este lugar en una casa que hice construir para mi familia. La vida transcurrió tranquila y sin sobresaltos hasta que se desató la guerra. Obligados a huir de nuestra casa con lo poco que pudimos llevar, atiné la noche antes a esconder un tesoro no lejos de donde vivíamos, en la escalinata del templo hoy destruido, con la seguridad de que allí lo encontraría al volver a estos lugares, si alguna vez volvía. Hemos estado desde entonces refugiados en casa de un pariente de mi mujer, cuya bondad pensé que debía agradecer, aun a costa de poner en peligro mi vida y por consiguiente el porvenir de los míos al arriesgarme por los caminos en los que se emboscan asesinos y ladrones. Por eso volví en busca del oro, y con sorpresa y angustia encontré que el escondite estaba vacío. Las lluvias continuas han ablandado la tierra y el musgo ha crecido sobre las piedras. No me fue difícil seguir las huellas de un hombre desde la escalera del templo hasta tu casa. Pregunté en las inmediaciones a los pocos que han tenido tu misma valentía de permanecer en el lugar, tratando de averiguar quién era el dueño de estas tierras, y se me habló de tu generosidad y de tu vida ejemplar. Ésa es la razón de mi inoportuna visita: sé que si has encontrado el oro me lo devolverás pues soy su legítimo dueño, y que si ha sido robado por alguno de los hombres a tu servicio, lo castigarás y harás que nos diga dónde ha escondido el producto de su rapiña.

Lo que contestó el dueño de la Casa entre los Juncos: No tengas más inquietud por tu tesoro. En efecto, el oro está en lugar seguro, y te será devuelto como corresponde.

Tal vez en ese momento el dueño de la Casa estaba sinceramente convencido de lo que decía, aun cuando en lo hondo lamentara tanto la pérdida del oro y lo que esa pérdida significaba, porque era realmente un hombre honesto; y por eso el visitante le creyó, se tranquilizó, y bebió alegremente el sake y comió del pescado que se le ofrecía.

Lo que siguió diciendo el dueño de la Casa: Encontré tu oro siguiendo las indicaciones de un ser sobrenatural al que liberé de un encantamiento según la fórmula que me transmitiera un ommyoshi que vivía por estos lugares. Agradecido, este ser quiso premiarme con su conocimiento. Sabiendo que el oro no me pertenecía, lo saqué del lugar en previsión de que los ladrones, que buscan refugio en los lugares abandonados de los hombres honestos, pudieran apoderarse de él, y lo escondí en otro sitio.

Aquí, indudablemente, los espíritus de los asuras despertaron en el alma del dueño de la Casa a la primera mentira, y se alzaron furiosos y violentos, ante la posibilidad de perder el tesoro.

—Pero hemos de esperar —dijo por eso el anfitrión—, puesto que me han dicho mis servidores que se ha visto a los malhechores de los montes rondar por el bosque. Cuando hayan pasado unos días y estemos seguros de que nadie nos vigila, iremos en busca de tu tesoro. Mientras tanto, te ruego que aceptes la pobre hospitalidad que puedo ofrecerte, mi techo y cuanto necesites.

El visitante derramó lágrimas de agradecimiento, y quedó acordado que permanecería en la Casa hasta que el imaginario peligro hubiera pasado. Esa noche los dos hombres conversaron hasta muy tarde acerca de distintos temas y cuando llegó la hora de la rata el anfitrión guió a su huésped por la Casa dormida hasta una habitación alejada en la cual lo instaló y cuya puerta, al salir, cerró firmemente y trabó con una barra de hierro.

El huésped no supo nada el otro día, cuando al amanecer quiso salir de la habitación y encontró que estaba prisionero en ella, que la puerta no cedía y que las rejas de la ventana le impedían escapar por allí. Gritó, llamó y aulló, pero nadie acudió en su auxilio.

Mientras tanto, el dueño de la Casa entre los Juncos, que no era por naturaleza un hombre violento y que por el contrario estaba familiarizado, gracias a sus lecturas, con los sufrimientos y las miserias humanas, explicaba a sus servidores que él había presenciado cómo un demonio maligno se apoderaba del espíritu del visitante, y cómo en un descuido él, el señor de la Casa, había podido encerrar al poseído en la habitación más segura del edificio. Dijo también que, de acuerdo con lo que había consultado en los textos sobre posesión demoníaca, habría que dejar al poseído encerrado durante cuarenta días consecutivos sin acercarse para nada a él, y que al cabo de ese tiempo el demonio huiría derrotado, y el cuerpo del poseído se trasladaría directamente, llevado por los vientos bienhechores, al lugar del que había venido. Los sirvientes, que creían en su señor y lo respetaban, prometieron no acercarse al lugar.

Los gritos del prisionero se fueron haciendo más débiles conforme pasaba el tiempo, y un día dejaron de oírse.

Otra vez a medianoche, después de haber dejado pasar unos días más, el dueño de la Casa entró a la habitación en desorden y sacó el cuerpo sin vida de su huésped al corredor. De allí lo transportó sin esfuerzo, a pesar de ser hombre magro y frágil, ya que el cadáver era tan liviano, hasta la orilla del río junto a la cual estaba amarrada una barca ligera. Dejó su carga en la cubierta y desató las amarras, seguro de que la corriente arrastraría la embarcación rápidamente hasta el mar.

El muy sabio dueño de la Casa entre los Juncos vivió plácida y serenamente muchos años más, dedicado al estudio y a la meditación, a pesar de las batallas y de las guerras, gracias a la protección que se le dispensara, hasta el día de su inexplicable desaparición.

Sus familiares desconsolados erigieron un sencillo monumento a su memoria, en la portada del cual se lee un poema que dice así:

> *Las olas del destino*
> *Han arrastrado, ¡ay!*
> *La frágil barca de mi vida*
> *Que se ha perdido*
> *En la niebla.*

No vaya a creerse que, como podría sugerir la línea de este relato, fue el coronel Vrondt el primero en llegar a los parajes que rodean a la Fortaleza Consternación, encontrar al Remero, mirar desorientado a su alrededor, ejecutar, en fin, todos esos pequeños gestos que hace un hombre perdido, impulsado por el desconcierto y tal vez por cierto temor. El primero en llegar fue Páez Loyola, hombre orgulloso, débil y sin fe, y por lo tanto frágil, despiadado y rezador. Su uniforme no estaba todo lo impecable que él exigía y que hubiera pretendido, de ser otras las circunstancias.

Se acercó a pasos lentos y las primeras palabras que dirigió al Remero fueron dichas en el tono que usaba para hablar a sus inferiores. El Remero era mucho más alto y macizo que Páez Loyola, y tenía el torso desnudo. No habló y descargó sobre el remo el peso de su cuerpo enorme. Tal vez después vino a pensar que era necesario contestar algo porque dijo:

—No hay bajo el cielo un hombre que crea valer nada más que el oro que cabe en su boca.

Páez Loyola prefirió no hablar de sí mismo, no hablar, ya que cualquier otra pregunta que hiciera lo obligaría a referirse a algo que le era propio, situación, temor si es que admitía que podía sentirlo, perspectivas inmediatas y a más largo plazo. De modo que caminó, acercándose aún más a la Fortaleza Consternación, y oyó el silbido que componían los granos de arena que llevados por el viento pegaban contra los viejos muros. Por eso no vio acercarse a los Invasores del Norte, que eran diecisiete.

Y después de los Invasores del Norte, el Remero estuvo ahí para ver la llegada del muy sabio Sao Kaneshiro.

El Sastre, por su parte, se sacó cuidadosamente los anteojos de aro de metal y los guardó en el bolsillo superior izquierdo del guardapolvo gris y en ese momento llegó corriendo el coronel Vrondt.

Se dijeron muchas cosas en esos primeros minutos:

El *coronel Vrondt*: —¡Tengo que volver allá!

El *Remero*: —Nadie aprende a regresar, así como nadie aprende a caerse de cabeza en un pozo.

El *muy sabio Sao Kaneshiro*: —No he leído esas palabras en ningún texto, hombre que va por las aguas. Tal vez puedas decirme si es que no han sido escritas todavía.

Páez Loyola: —¿A qué cuerpo pertenece usted?

El *coronel Vrondt*: —

El *Remero*: —Todo lo que no ha sido escrito está escrito, y aquello que está por escribirse ha sido escrito.

Los *Invasores del Norte* (uno de ellos): —Cuidado con nosotros, desconocidos: la carne de nuestros enemigos no hace mella en nuestras espadas.

El *Sastre*: —Hmmm. Mi hija se va a preocupar muchísimo si a la vuelta del mercado no me encuentra sentado en mi tienda.

El *coronel Vrondt*: —Quién puede indicarme el camino hacia.

El *Remero*: —Los caminos son obra de los dioses, los puntos de destino son obra del hombre.

En ese momento llegó Requena.

Requena: —¡Qué es esto, carajo!

El *Sastre*: —Justamente era lo que yo iba a preguntar.

El *muy sabio Sao Kaneshiro*: —Creo que nos vamos a entender, hombre que va por las aguas.

Los *Invasores del Norte*: —Cuidado con nosotros, desconocidos. Más cráneos han destrozado nuestras mazas que los aludes de las cimas.

El *coronel* Vrondt: —Yo estaba con Hina. Todo lo del columpio había sido un juego.

Páez Loyola: —¿Juega usted, señor? ¿En guerra? Yo estaba campo afuera, junto a la empalizada: el tiro de gracia, ¿sabe usted?

El *Remero*: —El hombre sabio comienza su trabajo antes que el sol el suyo.

Requena: —¡A mí me van a explicar qué es lo que pasa aquí!

El *muy sabio Sao Kaneshiro*: —Creo, estimable señor, que hemos sido objeto de una curiosa transposición.

Requena: —¡Rajá, tintorero!

El *Remero*: —Preguntar es bueno, suponer es malo, divagar es peor.

Después de todo lo cual los Invasores del Norte desenvainaron las espadas, rodearon a los demás y los obligaron a retroceder hasta acorralarlos contra la parte norte del foso que rodea a la Fortaleza Consternación.

Páez Loyola había dejado caer inexplicablemente el arma después del tiro de gracia; ni el muy sabio Sao Kaneshiro ni el Sastre tuvieron la menor duda de que iban a morir degollados y ninguno de los dos pensó en defenderse; el Remero descansó en el remo; Requena sintió frío por primera vez en ese día maldito; pero el coronel Vrondt tenía cierto don diplomático que en tiempos de paz le hubiera allanado una carrera en el Servicio Exterior, de modo que alzó las dos manos abiertas y dijo:

—No somos tus enemigos, valiente guerrero. No tenemos

oro ni armas, no somos los dueños de este lugar, no sabemos por qué estamos aquí, pero tal vez si nos aliamos temporariamente, mientras nos convenga a todos, podamos ayudarnos.

Los Invasores del Norte se consultaron con la mirada sin descuidar las espadas, y Requena se frotó los nudillos de la mano derecha. El coronel Vrondt pretendió que su proposición había sido aceptada:

—¿Quién fue el primero en llegar aquí? —preguntó.

—Él —dijo Páez Loyola señalando al Remero.

—El hombre que va por las aguas —dijo el muy sabio Sao Kaneshiro—. Eso tiene la apariencia de ser un símbolo.

—Mi hija me debe estar llamando —dijo el Sastre.

El coronel Vrondt se dirigió al Remero:

—A ver, barquero, te ha llegado el turno de hablar.

El Remero no contestó y los Invasores del Norte volvieron a ponerse amenazadores. Requena respiraba agitadamente y con ruido.

—¿Alguien tiene un cigarrillo? —preguntó.

Páez Loyola se rió:

—Tabaco —dijo—, en alguna parte yo tenía una bolsa de tabaco.

—Yo tendría que estar de vuelta en la tienda —dijo el Sastre.

—Jefe de la guerra —dijo el coronel Vrondt—, tenemos que tratar de saber por qué estamos aquí. Te propongo que hagamos algo, que entremos en ese fuerte.

—No —dijo uno de los Invasores del Norte.

—Sugiero —dijo el muy sabio Sao Kaneshiro— que hagamos una pequeña prueba.

—Adelante —dijo el coronel Vrondt.

—¿Le van a hacer caso a éste? —preguntó Requena y recibió una mirada de aprobación de Páez Loyola.

—Las palabras son pájaros de muchas alas —dijo el Remero.

—Sugiero —repitió el muy sabio Sao Kaneshiro— que cada uno aporte la razón por la cual cree estar aquí, mediante el sueño de todo razonamiento.

Tal como esperaba el muy sabio Sao Kaneshiro, nadie habló.

—Quiero decir —siguió— que no es conveniente que nos demos explicaciones, sino que, todo lo contrario, alejemos de nuestras mentes todo pensamiento, y entonces dejemos hablar a nuestros espíritus diciendo la primera palabra o las primeras palabras que acudan a nuestros labios.

—Qué bien —dijo el Sastre, evidentemente pensando en otra cosa.

—¿Por qué no? —dijo el coronel Vrondt.

—El muy instruido y el muy ignorante pueden ser hermanos en la sabiduría —dijo el Remero.

Hubo cierta dificultad para conseguir que todos dijeran que estaban de acuerdo, sobre todo con los Invasores del Norte, pero al fin asintieron y las espadas fueron envainadas, está vez esperaba el Sastre que definitivamente, y tal vez por eso fue el primero en hablar.

El *Sastre*: —Fuego, un incendio.

El *coronel* Vrondt: —Techos artesonados, pintados, ninfas, dioses rubios.

Los Invasores del Norte, que eran todos rubios, lo miraron.

El *muy sabio Sao Kaneshiro*: —El Espejo y La Danza.

Requena: —Vísceras.

Páez Loyola: —El Fortín.

Los Invasores del Norte: —Sangre.
—Torres.
—Las espadas.
—Sangre.
—Sangre.
—Somos los más fuertes.
—El río rojo.
—Sangre.

y así sucesivamente.

El Remero no dijo nada.

El *muy sabio Sao Kaneshiro*: —¿Hombre que va sobre las aguas?

El *Remero*: —La confusión es otra forma del orden.

El coronel Vrondt miró desesperanzadamente al muy sabio Sao Kaneshiro que sonreía:

—Bien, muy bien —dijo—, eso es un bello resumen y yo me arriesgaría a decir que nos indica el camino a recorrer.

—Entremos ahí a ver si encontramos a alguien —dijo Requena.

—Me parece bien —aprobó Páez Loyola.

—¿Qué camino? —preguntó el coronel Vrondt.

—¿No piensa usted señor —dijo el muy sabio Sao Kaneshiro— que nuestro amigo el que va sobre las aguas sabe probablemente mucho más que nosotros? He aquí que, según sus palabras, tenemos que ordenar lo que ha sido dicho.

Y sacó de su manga un rollo de papel muy blanco.

—Yo tengo un lápiz —dijo el Sastre.

—¡Papeles! —rezongó Requena—. ¡Estoy harto de papeles!

—El hombre harto no interfiere con los hombres predestinados —dijo el Remero.

El coronel Vrondt y el muy sabio Sao Kaneshiro fueron los únicos que comprendieron.

—Si usted es un hombre entendido en estas cosas —dijo el coronel Vrondt—, tal vez querría —y el muy sabio Sao Kaneshiro le tendió el papel a Requena y el Sastre el lápiz.

—Buen —dijo Requena tomando las dos cosas.

Se sentó en el suelo y hubo un parlamento al final del cual el coronel Vrondt había conseguido el escudo de uno de los Invasores del Norte, que le alcanzó a Requena para que apoyara el papel.

—Oiga usted, señor —dijo Páez Loyola—, señor.

—Soy el coronel Hyulius A. Vrondt.

Páez Loyola se inclinó brevemente:

—Opino que deberíamos ir a averiguar qué hay en ese edificio.

—No veo que haya ningún inconveniente —dijo el coronel Vrondt—. Puede contarnos después lo que haya visto.

Los dos soldados se miraron cada uno como si el otro hubiera sido algo totalmente desprovisto de importancia.

—Qué tengo que poner —dijo Requena con el lápiz de cabo mellado en posición de escribir.

Páez Loyola les dio la espalda y empezó a caminar hacia la Fortaleza Consternación.

—Escribamos —dijo el muy sabio Sao Kaneshiro— primero el título.

—Nada carece de nombre —dijo el Remero.

—Qué sed tengo —dijo Requena—. Qué pongo.

Los Invasores del Norte se sentaron en semicírculo, con las piernas cruzadas.

—Si lo que vamos a hacer es ordenar lo que hemos dicho hace un rato —dijo el coronel Vrondt—, pongamos eso como título: Ordenamiento.

El muy sabio Sao Kaneshiro levantó una mano y la amplia manga bordada bajó hasta el codo dejando al descubierto un antebrazo esbelto como el de una mujer:

—Si se me permite —dijo—, como lo que cada uno de nosotros expresara respondía a una realidad más vasta, sugiero, sobre lo que muy bien ha dicho el señor, Sub-Ordenamiento. Y como indudablemente cada uno tiene el suyo que responde a una realidad personal y como nadie ha tenido la pretensión de establecer el número exacto de almas, Sub-Ordenamiento Multicentesimal.

—Más pensamientos hay en la cabeza de un solo hombre que granos de arena en todas las playas del ancho universo —dijo el Remero.

El Sastre sonrió:

—Qué curioso. En mi pueblo hay un dicho: Más piensa un tonto que corre un río.

—Parece que estamos todos de acuerdo —dijo el coronel Vrondt, y a Requena—: Si me hace el favor, ponga eso como encabezamiento, Sub-Ordenamiento Multicentesimal.

Requena escribió.

Páez Loyola estaba parado al borde del foso decrépito, de espaldas a los demás, mirando hacia arriba, hacia las aristas redondeadas de la Fortaleza Consternación contra el cielo y soplaba el mismo viento de siempre.

—Ya está.

—Ahora —dijo el muy sabio Sao Kaneshiro—, el primero en hablar fue usted, amigo mío, y dijo "Fuego, un incendio". ¿Podría decirnos algo acerca de eso?

Requena esperaba. El Sastre sacó los anteojos del bolsillo, les echó aliento y empezó a frotar los vidrios con una punta del guardapolvo gris.

—Fue porque sin querer, esas cosas, hablé del incendio de mi casa, ahora vivo en otra casa, en otro pueblo y la tienda queda en el frente y yo vivo abajo, y mi hija con su marido en el piso de arriba. Mi hija era chica entonces pero aunque había crecido y era graciosa y risueña, no pudo salir sola y yo alcancé a sacarla de entre las llamas porque la quería tanto, ahora es muy distinta, es una mujer grande y gorda, no podría sacarla tampoco a ella, claro que tiene un marido que es el responsable de su seguridad y todo eso, ¿no? Lo que sí les puedo decir es que fui muy feliz durante ese tiempo gracias a la compasión y a mi hija tan chiquita. El fuego, creo yo, es un elemento muy útil, mucho, cuando se lo desata entre cuatro paredes.

—Eso es —dijo el muy sabio Sao Kaneshiro—, necesitamos establecer, según parece, la conclusión que derivamos de nuestras palabras impensadas. Puede usted escribir acerca de la utilidad del fuego como elemento, toda vez que pueda mantenérselo encerrado.

Requena empezó a escribir.

—¿Lo pongo como se me ocurra?

—Con sus palabras —dijo el coronel Vrondt—, o exactamente así. Quizá sea indiferente.

—Ahora hable usted, señor —dijo el muy sabio Sao Kaneshiro cuando el lápiz se detuvo.

—¿Usted se acuerda del orden en que hablamos todos? —preguntó el coronel Vrondt.

—He cultivado asiduamente la memoria, que me es indispensable. Usted habló de pinturas de ninfas y dioses en los techos artesonados.

—Sospeché que había una ilación entre esas escenas —dijo el coronel Vrondt— porque quizá no haya nada de caprichoso ni de inspirado en el arte de pintar y en ese caso el capítulo de nuestra derrota y nuestra amable prisión, prisión con todo, sería un trozo de la anécdota pintada en los techos del castillo, que a su vez sería un trozo de una anécdota más rica cuyo sentido sólo podría comprenderse si se pudieran ver al mismo tiempo todas las pinturas que el hombre ha pintado, porque en el fondo, ¿qué es la pintura sino encerrar entre colores un sentido?

Requena se quedó mirándolo:

—¿Tengo que escribir todo eso?

—No. Ponga solamente que se puede cobijar y dar coherencia a una historia recordada o imaginada, si se utilizan colores y líneas para cubrirla, para protegerla y aprisionarla.

Requena escribió.

—En cuanto al Espejo y La Danza —dijo el muy sabio Sao Kaneshiro—, su título completo es *Recuerdos del Espejo y La Danza*, obra atribuida a Akazome Emon (936-1045), durante el período Heian, y mi mención se debe al contraste entre mi vida recoleta, como la que se refleja en esa obra, y este acontecimiento. Diré que no soy muy afecto a los viajes; en efecto, creo que he viajado una sola vez en mi vida, y que por el contrario prefiero sentarme en un banco en mi jardín o en mi biblioteca y esperar que se concierten las asociaciones y las correspondencias. Esta disposición de las cosas me es ajena, este desamparo, estas fluctuaciones que se establecen bajo un cielo desnudo en un espacio abierto y desmesurado. La carne del hombre brilla cuando busca refugio y se opaca bajo el sol y el viento. De la misma manera brilla en la quietud el entendimiento, y en la soledad, cada vez más, tal como crece el cerebro de un niño en el vientre de su madre y nunca adquiere tanta belleza la muerte como cuando los enterradores comienzan a envolver el cadáver en las sedas que han estado largo tiempo cuidadosamente guardadas. *El Recuerdo del Espejo y La Danza* fue pues la expresión, ya que no la corporización desdichadamente, del deseo que mi cuerpo transmitió a mi espíritu de verse nuevamente en lugar seguro, en un refugio conveniente en el cual desplegar sus, en mi caso, magras capacidades. Escribamos entonces —Requena apoyó el lápiz sobre el papel blanco— después del pensamiento del señor, que a cierta altura de la vida —Requena escribió— el hombre comprende que debe buscar abrigo, así como a cierta altura de la historia el hombre comprende o ha comprendido o nuestro entendimiento no ha alcanzado a ver que comprenderá, que debe volverse hacia el silencio en el cual se manifiesta y crear, no una aventura, sino un nuevo método de conquista.

Requena terminó de escribir y alzó los ojos:

—A quién le toca ahora —preguntó.

—Al Capitán —dijo el coronel Vrondt y se dio vuelta buscando a Páez Loyola.

—No, no, señor —dijo el muy sabio Sao Kaneshiro—, le toca a nuestro diligente escriba.

—Ni me acuerdo lo que dije —dijo Requena.

Páez Loyola volvía desde el borde del foso.

—Dijo usted "vísceras".

—¿De veras? —preguntó Requena, mirando al muy sabio Sao Kaneshiro.

—No puedo permitirme una equivocación. En honor de todos ustedes y en el mío también. Vísceras.

—No sé por qué.

—Le ruego que no cometa el error —dijo el muy sabio Sao Kaneshiro— de tratar de averiguarlo. Haga simplemente lo contrario.

Páez Loyola se acercó y se inclinó sobre el hombro de Requena.

—De color rosado —dijo Requena sin escribir—, pensé que los pulmones deben ser de color rosado, muy suaves, muy blandos, pero que los míos deben estar manchados de marrón oscuro. Pero además. Lo que me tenía mal era el calor y la humedad. Y los bichitos verdes esos. En invierno es distinto, el aire frío ayuda y cuando uno respira ese aire los pulmones se abren y se hacen livianos como plumas, como telas de araña, muchas telas de araña unas sobre otras. Ahora, debajo de los pulmones hay algo más, a lo mejor no debajo sino adentro, están formados por algo, células que viven y cada célula por algo más, por un líquido como el del ojo, duro y que no se vuelca y cada célula está nadando en una sola gota de líquido y todas las gotas juntas forman un mar que es el mismo de las cataratas y hasta el de la lluvia, y si uno se pone a pensar en todos los animales que nadan en esos mares. Y en que están formados por células. Si uno. Uno puede llegar a volverse loco. Uno deja de ser uno —apoyó el lápiz sobre el papel blanco—. Las vísceras —escribió— miden la cordura del hombre porque es la conciencia de uno mismo encerrada lo que las mantiene dentro del cuerpo deslizándose despacio unas sobre otras, e impidiéndoles que se fundan con las aguas exteriores.

—Ahora sí le toca a usted —dijo el coronel Vrondt.

—No he hecho más que pensar en el Fortín —dijo Páez Loyola—, dije algo sobre el Fortín. El Fortín es la seguridad, afuera todo es hostil, el campo, el enemigo, el infiel, el desierto, el sol, las salinas. Hay que mantener los fortines a toda costa si queremos sobrevivir. Traicionar es el peor de los crímenes.

—¿Usted cree? —dijo el coronel Vrondt.

—¿Usted no? Lo es.

—¿Hasta dónde es traidor un hombre? —preguntó el coronel Vrondt.

—Se castiga con la muerte —dijo Páez Loyola—. Toda empalizada es algo más que eso —Requena escribió—, es el aspecto concreto de una orden y una misión.

El muy sabio Sao Kaneshiro asintió sonriendo:

—Y ahora los guerreros —dijo.

—Nosotros hemos abierto heridas por las que la vida se escapaba con la sangre —dijo uno de los Invasores del Norte.

—Hemos entrado en las torres más altas y las hemos destruido —dijo otro.

—Hemos matado animales peludos para abrigarnos cuando hacía frío.

—Bebimos la sangre del enemigo, la bebimos, y así sucesivamente.

El muy sabio Sao Kaneshiro: —¿Hombre que va sobre las aguas?

El Remero: —Todo lo que ha sido escrito ha sido dicho.

Requena escribió:

—No entiendo nada —dijo al levantar el lápiz por última vez.

—Yo tampoco —dijo el coronel Vrondt—, pero eso no me inquieta. A veces puedo entrever, por un instante muy corto y después todo se me pierde o queda fuera de mi alcance, que hay una trama espléndida detrás de.

—Mi preceptor fue monseñor Roccapietra —dijo Páez Loyola—, un hombre muy sabio y muy piadoso que me enseñó a distinguir el mal por hábilmente que se ocultara bajo formas engañosas. Todo esto es herético y yo no tengo por qué dar cuenta de mis actos a nadie, a nadie salvo al Creador.

—Precisamente —dijo el muy sabio Sao Kaneshiro—, nadie tenía por qué hablar de sí mismo, pero ¿hemos hablado o no de lo que pesaba en nuestras cabezas?

—Me pregunté —dijo el conorel Vrondt— si llegaríamos en un momento a hablar de nosotros mismos o si lo estábamos haciendo.

—Incidentes abominables —dijo el muy sabio Sao Kaneshiro—. Éste de nuestro encuentro podría ser clasificado de igual modo. Sólo que la utilidad o, si queremos llamarla así, la razón, borra el carácter de abominación.

—Mi hija debe tener la comida lista —dijo el Sastre.

—Mucha charla, mucho escribir pavadas —gritó Requena—, pero yo tengo un trabajo que cumplir, ¡qué se creen, tengo que volver a la seccional!

El escudo, el papel arrollado y blanco, y el lápiz del Sastre volaron por el aire y todos se quedaron un momento inmóviles. Por poco tiempo, ya que los Invasores del Norte se sintieron afrentados y desenvainaron las espadas mientras el dueño del escudo corría a rescatarlo.

Estalló entonces una pequeña guerra privada, doméstica, en la que sin embargo nacieron y murieron simultánea, rápidamente, tantos sentimientos grandiosos, mezquinos, heroicos, como si se hubiera tratado de una gran guerra entre naciones poderosas. Los Invasores del Norte se lanzaron dando alaridos sobre los demás, y ellos reaccionaron todos de distinta manera, desde el Remero que no reaccionó en absoluto, hasta el coronel Vrondt que se sintió de pronto furioso y alzando una piedra, despojo quizá de la Fortaleza Consternación, la estrelló contra el hombro derecho de uno de los Invasores del Norte que ante el dolor del golpe dejó caer la espada. Páez Loyola se abalanzó sobre el arma pero Requena le ganó de mano y pretendió hacer frente a los enemigos, todos eran sus enemigos, con esa espada que no le pertenecía y no le respondía por ser demasiado pesada para un hombre acostumbrado a otro tipo de batallas. El Remero siguió impasible, el remo en la mano izquierda, el papel blanco en la derecha, mientras el muy sabio Sao Kaneshiro y el Sastre retrocedían los primeros hacia la Fortaleza Consternación y los Invasores del Norte avanzaban amenazadores.

Quizás existan los dioses de la guerra y las Victorias Aladas, caprichosas y enamoradas del coraje. Lo imprevisible, o el designio en aquel caso, bajó hasta el campo de batalla en la forma de tormenta de arena. El paisaje se oscureció y los hombres se llevaron las manos a los ojos, el Sastre guardó los anteojos en el bolsillo superior izquierdo del guardapolvo gris, Requena maldijo en voz alta, el muy sabio Sao Kaneshiro se tapó la cara con las anchas mangas de su vestidura, y el coronel Vrondt, él también, de espaldas al viento, tomó el camino hacia la Fortaleza Consternación. Bien pronto los veintidós hombres, las cabezas bajas, caminaban hacia el foso, las bocas cerradas, buscando el único refugio disponible, los pies hundiéndose en la arena seca y móvil. El Remero fue el único que no se movió del lugar, que no cerró los ojos, que no se tapó la cara.

Cuando el viento dejó de soplar, la Fortaleza Consternación había cobrado su presa y si el poeta que hubiera podido cantar a las abiertas fauces del monstruo del desierto la hubiera visto en ese momento, quizá hubiera hablado de un monstruo saciado, y, en el caso de imaginar que los monstruos sonríen, posibilidad que no hay por qué excluir, de un monstruo sonriente.

La única alma presente en el lugar, convenientemente rodeada de su envoltura carnal, era la del Remero, que acababa de encontrar aplicación a una frase acuñada muchos siglos atrás y cuya explicación había tenido que darse en ese día de otoño, que habla de la protección que necesitan la carne, los elementos, las creaciones del hombre, el pensamiento, las leyes, y finalmente, como era de suponer, la muerte.

Onomatopeya del ojo silencioso

Mis preciadas satisfacciones, el sueño y el apetito, habían sufrido bastante con los últimos acontecimientos, los de afuera, los de adentro, los míos, los del otro, los de más allá y los de más acá. En lo que respecta a los de afuera, el mundo seguía siendo una cortina gris, y a eso se le llamaba tormenta, por esa manía de ponerles nombres a las cosas de miedo a que se nos escapen.

—Es una tormenta —me decía Laventor acentuando el verbo, levantando las cejas, tozudamente convencido de que no era posible que no le creyeran—, lo que pasa es que usted piensa en tormentas en términos de rayos y truenos.

Era cierto y para mis adentros yo bendecía las palabras como *tormenta* que, yo creía, querían decir esa cosa, tormenta, y nada más.

—Pero es que hay muchas clases de tormenta. Tormenta es todo lo que altera profunda y violentamente las más de las veces, la normalidad del clima. Mire ese polvo.

Yo miraba ese polvo.

—Se podría decir que toda tormenta es una enfermedad; en este caso parece que crónica.

Era Laventor el que decía eso, en mi honor. Laventor era el único hombre feliz entre los aracnéusidos (el término me pertenece, cosa que Do Laneu deplora aunque acepta; previa aclaración del origen no especializado de esos monstruos lingüísticos que suelen hacer fortuna, y estoy citándolo textualmente): miraba hacia afuera, observaba con una atención pétrea ese telón gris que a nosotros no nos decía nada, manipulaba diales y componía gráficos. Los demás no hacíamos más que irritarnos y tratar de disimularlo, sobre todo yo, bajo cautelosas cortesías.

Nadie tenía nada que hacer, salvo esperar. Laventor tenía a su bienamada tormenta. Y en cuanto a mí, yo tenía que andar recomponiendo los fragmentos de nuestro ángel caído, de nuestro interrogador celeste, de nuestro tirano inválido, de nuestro Jano, y de no sé ya cuántas denominaciones más inventadas por mí en mi descargo y en el de todos y que he olvidado porque hace tanto de esto. Había llegado a la conclusión de que la mía no era una tarea para un psiquiatra, sino para otro psicópata. Por ejemplo:

—Buenas noches, doctor. Disculpe si lo he molestado, pero el señor l'Hostave necesita que vaya a verlo.

Por qué no te irás a la mierda hijo de una perra sarnosa cretino degenerado, justo ahora que había conseguido dormirme. Cosa que nunca decía, por supuesto: estaba, estoy, demasiado bien entrenado y tengo infinidad de títulos para probarlo y recordármelo a mí mismo en caso de que alguna circunstancia (la tormenta, la inactividad, el Jano apócrifo) resquebrajara la segunda naturaleza en que había terminado por convertirse ese entrenamiento. En cambio decía:

—No es nada, no faltaba más. Dígale que voy enseguida.

Me sentaba en la cama y empezaba a vestirme y solía pensar en los honorarios siderales, justamente: siderales, que puede pagar un gobierno para que uno atienda a un único paciente, y en lo que haría con el dinero al volver, y terminaba de ponerme los pantalones y los zapatos y una camisa y salía al pasillo llevando mi cara como quien entrega las llaves de la ciudad sobre un almohadón al distinguido visitante totalmente extranjero.

Me esperaba parado en medio de la habitación y yo me preguntaba cuándo aprendería, si es que alguna vez, a no quedarme sin aliento cada vez que lo veía. Había conocido a muchos en sus mismas condiciones (parte especializada del entrenamiento especializado), y si bien es cierto que inevitablemente, aparte de su invalidez semicongénita, todos tenían muchas cosas en común, en el caso de Edmei l'Hostave el problema era cómo explicar la belleza. Teniendo en cuenta que una madonna y una joya, que una máquina y un insecto y una ecuación pueden ser bellos, ¿cómo explicar, definir, describir a ese efebo ciego y demoníaco frente al cual yo me sentaba no cuando era conveniente sino cuando a él se le antojaba porque ésa era una de sus incontables prerrogativas, para tratar de mantenerlo a flote y que conseguía lo que ningún otro enfermo, porque estaba tan desdichadamente enfermo como todos sus pares cosa que no es de extrañar, había conseguido en treinta años de práctica: arrastrarme a su locura? No hace falta, pensaba yo cada vez que volvía a verlo, no hace falta disecarlo ni separarlo en piezas para explicarlo y curarlo, porque no hace falta ni se puede curarlo, porque basta con paliar. Esa noche estaba de perfil a la puerta vestido de negro y sonreía. Se veía que Intendencia y Almacenamiento habían trabajado duramente esas últimas horas. No quedaba nada del gabinete decimonónico de esa mañana, que por otra parte había durado bastante, tres días casi completos. Habían desaparecido el piano, los violines y todos los instrumentos de música que Edmei l'Hostave no sabía tocar. Habían desaparecido las alfombras, las plantas de charol, los apoyapiés de mimbre, las venus de alabastro, las estampas japonesas y las cajitas de laca. Estábamos considerablemente más atrás: mármol rosado cubriendo las paredes y el piso, lámparas de aceite colgando del techo, semidioses en cópulas incómodas y grotescas sobre pedestales verde mar, fuentes, vino, uvas, pedrería, y él estaba vestido de negro, completamente de negro entre todos esos colores y sonreía.

—Mi estimado doctor. Mi estimado doctor, confío en que no habré trastornado su sueño.

—No se preocupe, Edmei, ni siquiera me había acostado, estaba tomando algunas notas, pero todas intrascendentes, pueden esperar.

—No estaba tomando notas acerca de mí, entonces.
Me senté.
—No.
—Acerca de qué.
Tuve que inventar a toda velocidad, pero eso también viene con el entrenamiento y ya no me molestaba.

—Sucede que a todos nos incomoda la inactividad y que empezamos a dar vueltas en un círculo vicioso: como estamos inactivos nos ponemos de mal humor y nos negamos a dedicarnos a cosas que aunque son parte de lo que tenemos que hacer obligatoriamente, no son urgentes ni imprescindibles por el momento. No lo hacemos, y seguimos inactivos y nos irritamos más todavía, y así una y otra vez. Para impedirme eternizarme en el círculo, decidí empezar a tomar notas sobre algo ajeno a mi especialidad, y así mantener el entusiasmo y las ganas de trabajar lo más intactos posibles. Entonces partí de una descripción de la realidad de ahí afuera, lo más objetiva posible, para después adjudicarle interpretaciones, cada vez más fantasiosas, más irreales si usted quiere, y comprobar hasta dónde se puede llegar con la imaginación a partir de los datos, los escasos datos que nos proporciona —iba a decir "nuestros sentidos" pero me contuve a tiempo— nuestra conciencia.

—Estupendo —dijo de pie, vestido de negro, contra la pared de mármol rosa mientras detrás de él un poco a su izquierda un seudo Apolo sonriente se dejaba montar por un macho cabrío—. Estupendo. ¿Y puedo esperar que se me permita conocer sus conclusiones?

—No nos apresuremos. Todavía no hay conclusiones, ni sé si las habrá. Por ahora hay notas desordenadas, divididas en principio en cuatro partes, la realidad, primera interpretación, segunda y tercera.

—Cómo es la realidad, doctor —y se sentó frente a mí en su sillón que era lo único estable, lo único que no cambiaba nunca en los escenarios que se hacía construir para no verlos y sobre los que tal vez pasaría las manos cuando estaba solo: yo sabía que era capaz de llorar, pero me preguntaba si lloraría en esos momentos si era que yo no me equivocaba en cuyo caso los escenarios serían otra cosa además de arma, cilicio y desafío.

Se sentó frente a mí en su sillón y creo que no sería del todo cruel decir que me miró.

—¿Está seguro de querer que volvamos a hablar de eso?
—No.

Si su belleza a veces me destrozaba, su inmovilidad siempre me sorprendía: las manos cruzadas, todo él tan formando parte del ambiente al que sin embargo no pertenecía y al que se incorporaba.

—No. Me interesa muy poco la realidad, porque eso que usted llama la realidad, es la realidad de ustedes, no la mía. Me interesa tan poco como todo lo que no me pertenece. Hay también cosas que me pertenecen y que no me interesan, se lo digo por si quiere anotarlo por ahí en esas cosas que usted llama presuntuosamente protocolos clínicos.

—Cómo no —dije—. Puede resultarme sumamente útil. ¿Por ejemplo?

—Usted. Usted no me interesa en lo más mínimo, doctor. Pienso que es un inútil y un estúpido. Está a mi servicio y me divierte, cuando estoy demasiado aburrido, hacerlo llamar a cualquier hora, molestarlo, irritarlo, saber que se muere de rabia y que no me lo va a demostrar. ¿Sabe lo que es usted para mí, doctor? ¿Sabe cómo me lo imagino? Como a un gusano, un gusano al que yo doy vuelta con una ramita y que inevitablemente vuelve con mucho trabajo a la posición normal para seguir arrastrándose hasta que yo vuelva a irrumpir en su vida y a darlo vuelta.

No dije nada.

—Sea sincero con usted mismo, doctor. Usted no sirve para nada. ¿Para qué está ahí sentado mirándome? Porque estoy seguro de que me mira y eso lo hace sentirse superior a mí, pobre infeliz.

Esos arranques me devolvían la tranquilidad y la frialdad profesionales:

—Muy bien —dije—, voy a tomar nota de todo lo que

hemos hablado y mañana podremos conversarlo juntos —me levanté— y llegar a una conclusión constructiva.

—¡Siéntese! ¿Adónde cree que va?

—No creo que me necesite ya más por hoy, Edmei.

—¿Quién dijo quo no lo necesito? Cuando yo tengo ganas de darle de patadas en el culo a alguien lo hago llamar a usted porque usted es el más indicado.

—Creí que habíamos dejado aclarado ese punto —yo seguía de pie y él se levantaba lentamente de su sillón—. Cuando usted quiere agredir a alguien eso significa que se está volviendo contra usted mismo por alguna causa, y lo que tenemos que hacer es descubrir esa causa.

Estaba parado rígido, como una de sus estatuas:

—Así que usted no sólo es un inútil sino que además se cree dios todopoderoso.

Y allí estaba inmóvil otra vez y yo lo miraba desde muy lejos: era un helado muchacho florentino muerto hacía mucho tiempo, pintado sobre una tela que perdía su consistencia y su trama, y yo no era más que un espectador de museo.

—Contésteme, doctor —dijo con una voz muy dulce—. ¿Acaso no se le paga más de lo que merece para que conteste a todas mis preguntas?

—Me parece que eso va a ser todo por hoy, Edmei. Mañana vamos a volver a hablar —y di un paso.

Decir que abandonó su inmovilidad no sería del todo exacto. Al segundo siguiente seguía tan inmóvil como lo había estado antes, pero ya había saltado y se inclinaba sobre mí, las manos en mi garganta, tratando de estrangularme.

Me desperté con una fea sensación de opresión y ahogo. Baltrane estaba en mi cuarto y me preguntó cómo me sentía. Le dije que bien y que qué hora era.

—Las cinco y ya no hay tormenta.

—¿Las cinco ya? ¿Cuánto tiempo estuve con l'Hostave y cuánto hace que estoy acá?

Estaba por contestarme cuando comprendí lo que había oído.

—¡Que ya no hay tormenta! —y traté de levantarme.

—Oiga doctor, mejor se queda en la cama, qué le parece. Total, por ahora no hay nada que ver y tiene adentro un calmante, se va a sentir mal si se levanta, espere hasta la hora del desayuno.

—Bueno —dije—. Qué pasó ahí afuera.

—Ah, no sabemos. Usted ya lo habrá oído a Laventor: sabe tanto que nadie entiende nada de lo que dice. Estábamos viendo cómo el polvo empezaba a disiparse cuando oímos los ruidos en las habitaciones de l'Hostave y fuimos a ver qué pasaba. No sabíamos si llamar o no, pero lo oímos reírse a carcajadas y oímos caer algo pesado al suelo y entramos. Por suerte. Lo soltó en cuanto abrimos la puerta.

—Qué hizo después.

—Nada. Se quedó tan tranquilo. Nos dio la espalda, no dijo nada —Baltrane suspiró—. Oiga, a lo mejor tendría que tratarme a mí también: me gustaría matarlo a golpes a ese tipo.

—No se preocupe, a todos nos llega a pasar eso con respecto a alguien, casi le diría que es un signo de salud mental, pero avíseme si se vuelve obsesivo. Y por cierto que l'Hostave hace lo posible para que uno tenga ganas de matarlo —me dolía la garganta al hablar—. No se olvide de que es un enfermo.

—Ajá. Quiere tomar algo.

—No, gracias.

Me dormí. Cuando me desperté de nuevo, estaba solo, envuelto en la seguridad del fracaso. Evidentemente estaba estancado en mis relaciones con l'Hostave, pero no había nada que pudiera hacer, salvo mantener las cosas así. Para el caso era como si hubiéramos estado en una isla desierta, él y yo, y tuviéramos que arreglarnos con lo que había a mano. Estaba comparándome con un vástago, un gozne, un tutor, cuando oí la gritería. Traté durante un rato de seguir con lo mío, pero alguien corría, alguien llamaba más allá de mi puerta, de modo que probé mis fuerzas y vi que estaba bastante bien. Enterré prolijamente el problema de l'Hostave para más tarde y decidí ir a ver. Me vestí, y abrí la puerta y no vi a nadie, cosa desusada porque por lo general todo el mundo andaba por todas partes molestándose, pidiéndose disculpas, sonriéndose, escabulléndose cada uno a su cubil y volviendo a salir para encontrarse otra vez con las mismas caras y la misma incomodidad. Me fui al salón grande, patente exageración de un espacio rectangular menos incómodo que el resto de los espacios para nuestro uso que tendían a ser cuadrados y más chicos si se exceptúan las habitaciones de Edmei l'Hostave, y allí estaban todos asomados a la veranda, otra exageración. Alguien me vio.

—¡Eh, doctor!

Y varios se dieron vuelta, l'Hostave como era previsible no estaba allí, pero no me llamaban porque se interesaran por mi salud física, sino porque tenían algo grande, si no entre manos, por lo menos ante los ojos. Lo cual significaba que era una suerte inmensa que el orgullo y el desprecio que l'Hostave sentía hacia los demás y la compasión que sentía hacia sí mismo, le hubieran impedido venir.

—¡Salieron! —gritó alguien.

Entendí sin más explicaciones, y sentí un alivio infinito: eso quería decir que pasaría algo, que tendríamos algo que hacer, que se nos presentarían problemas, que estaríamos perplejos, que correríamos peligro quizá, pero que saldríamos de allí y de nosotros mismos. Y que no faltaba mucho tiempo para que volviéramos, guiados por l'Hostave que se ocuparía entonces menos de nosotros. Me acerqué a lo que llamábamos veranda y miré hacia afuera.

Quise creer que eso era una delegación y no una patrulla, y no me costó mucho convencerme. No estaban armados; a menos que, ah bueno, recordé mis notas imaginadas sobre interpretaciones irreales de la realidad, a menos que nuestro concepto de armas fuera muy pobre y limitado y ellos poseyeran algo, poderoso, intangible. En cuyo caso estábamos listos. Avanzaban lentamente, majestuosamente vestidos con ropones oscuros, los brazos cruzados sobre las barrigas. Eran una docena o más, de hombres viejos, morenos, serios. ¿Tranquilos? Yo diría que sí, que muy tranquilos. Tal vez la tormenta, que a todos nosotros nos había enervado sin piedad, era para ellos un episodio banal.

—Leyge, Do Laneu, Porteloup, vengan conmigo.

Deseé realmente poder ir yo también, pero sabía que no se me permitiría: yo era el vástago, el gozne, tenía que quedarme porque no podían dejar que me pasara nada. Yo tenía que seguir sosteniendo a l'Hostave que era el timón del proyecto, a l'Hostave que atravesaba con rapidez las fronteras de la cordura y a quien yo no podía salvar.

Salieron, sin armas. Los que quedábamos pegamos las caras a los vidrios y los vimos avanzar allá abajo y ellos también parecían tan tranquilos pero yo sabía que no podían estarlo. Y yo no iba a poder nunca, claro está, trabajar con uno de esos que venían hacia nosotros, pero algo resucitó en mi vieja alma inquisidora y aleteó en mis vísceras: l'Hostave se alejó y me vi en un mundo desconocido tratando de aprender costumbres, significados, tabúes, entrenándome otra vez como cuando era joven para ayudar a los demás. Sólo que para mí ya era tarde.

Allá en la planicie, que de ningún modo era gris ahora, los dos grupos avanzaban uno hacia el otro.

El Coronel (su nombre completo era Matheo Da Lucca e Salvaguardino, coronel, veterano, condecorado dos veces, no del todo un mal hombre a pesar de su grado) levantó una mano, las dos manos abiertas en un gesto que era o se supone que debe ser amistoso, por lo menos de no agresión. Los otros lo estudiaron. Estábamos demasiado lelos como para saber qué pasaba, pero todo parecía andar bien.

No sé si pasó mucho tiempo: el tiempo pareció no pasar en absoluto. Aunque sí sé que cuando los dos grupos volvieron a ponerse en movimiento yo tenía las mandíbulas soldadas y las rodillas entumecidas. Volvían, con el Coronel a la cabeza, y los otros se iban por donde habían venido.

Después de eso hubo un synodus bastante agitado, reunión general del personal destacado en el proyecto según el nombre correcto y oficial. l'Hostave seguía recluido y se me dijo que le estaban construyendo una sala de torturas de la

Inquisición, según un grabado de Pacher. Resumen de lo actuado: el Coronel informó que el primer contacto había sido auspicioso, así dijo, auspicioso. Audibles suspiros de satisfacción. Que de los autotitulados Sinergarcas, término que abarcaba un largo título que quería decir: los que tienen autoridad para decidir en nombre de la voluntad colectiva, que los Sinergarcas invitaban a los desconocidos, nosotros, a visitar su, vacilación, comunidad, ciudad, conjunto de familias aunque *familias* no era el término, país, clan, mundo. Exclamaciones. Felicitaciones. El acontecimiento se había fijado para el día siguiente, o, según la nomenclatura local, para el espacio de tiempo que se extendía después de la oscuridad pasajera más próxima hasta el comienzo de la siguiente. Pero la palabra *noche* no equivalía, como podría preverse, a oscuridad pasajera, sino sorpresivamente a la otra cara del mundo cuando despierta. Temí toda una jerarquía inextricable de acciones y situaciones detrás de una civilización que se extendía así sobre el detalle de lo cotidiano: iba a ser un largo aprendizaje.

Pasamos el día estudiando posibilidades y mirando para afuera. De las primeras no vale la pena hablar, dado que eran parte de un ejercicio de expectativas. Y afuera no había nada ni nadie: no veíamos más que la llanura metálica y oscura limitada por una sombra regular que levantaba el horizonte.

No vi en todo el día a l'Hostave, quien como de costumbre se hizo llevar las comidas a su cuarto, y que esa noche comió un corazón de jabalí trufado con una guarnición de rebanadas de palta en vinagre, servido directamente sobre el vientre abierto de un cadáver de cera, mutilado presumiblemente por los artefactos recién instalados. Pero, tarde ya, esperé sin desvestirme y aposté a que no me equivocaba y gané. Cuando vinieron a llamarme estaba preparado para la entrevista.

—Qué tal, mi querido doctor. Extrañaba su presencia, que siempre me hace tanto bien.

No había cerrado sus manos sobre mi cuello, no había

querido matarme o no matarme; era un muchacho encantador que pedía con deferencia mi atención.

—Buenas noches, Edmei. Espero que haya pasado bien el día. Se ha enterado de las novedades, supongo.

Se había enterado, pero le daba lo mismo.

—Mis dominios son otros, doctor, como usted sabe. Lo que suceda aquí me tiene sin cuidado, a menos que sea muy extraordinario, tanto como para que me interese. Pero hasta ahora, ¿qué es lo que ha pasado? Un grupo de viejitos, posiblemente unos idiotas, que nos han dado la bienvenida como no podíamos menos que esperar, y nada más.

—Sí, fríamente considerado no es más que eso —dije—. Pero hay que tener en cuenta que ha sido uno de los episodios más delicados del proyecto. Es decir, el contacto directo, de persona a persona, es peligroso porque no depende de nada ya establecido sino de reacciones subjetivas.

—¿Está tratando de decirme que mi parte del proyecto no es importante?

El cadáver estaba burdamente trabajado y los restos de comida sobre el vientre abierto le daban un aire de surrealismo trasnochado nada impresionante, sino todo lo contrario, poco convencido de sí mismo; pero en cambio los instrumentos de tortura eran de una fidelidad escrupulosa. Edmei l'Hostave podría ponerme en el potro, o yo a él, o un verdugo quizás, en fin, dejé de pensar en el asunto.

—De ninguna manera.

Todavía, con todo el tiempo que había pasado, yo no distendía mi expresión delante de él, y quizá fuera una actitud sana aunque al principio y porque era irrazonable, yo había luchado contra ella: mantuve mi cara profesional y esperé.

—Eso es lo que está tratando de hacer. Ustedes, los obreros, los artesanos, los esclavos del proyecto serían según ustedes los factores importantes, ¿no es así?

Era un buen escenario el que había elegido esta vez, y yo era el verdugo, quisiera o no pensar en el asunto: él podía manejar el látigo, él podía encerrarme en la doncella de hierro, él podía descuartizarme lentamente y clavarme en los maderos cruzados pero yo era el verdugo y tenía que reconocerlo a pesar de mi asco por la compasión y por las moralejas.

—Sin mí el hombre no saldría de su madriguera.

—Sin usted y sin los tantos como usted.

Desechó a los otros con un gesto y preguntó:

—Trate por una vez de ser honesto, doctor: ¿los otros, son todos como yo?

Tuve que serlo, pero lo fui lo más austeramente posible:

—No.

—¿Hay alguno que haya nacido ciego?

—Usted sabe muy bien que la genética es una ciencia exacta, Edmei, no es la primera vez que discutimos el punto. Nadie nace ciego ni deforme ni sordo ni mongólico. Usted sabe por qué se produce a seres como usted, y sabe con qué impunidad, con qué poderío, con qué fortuna, con cuántas prerrogativas se trata de pagar la mutilación. Es la ceguera contra la casi deificación de la vida. Si usted quiere matarme puede hacerlo y nadie lo va a castigar por eso. Si quiere violar en la plaza pública a todas nuestras mujeres, también puede hacerlo sin que nadie se lo impida. Si se quiere apoderar de todas nuestras fortunas, nuestros hogares, nuestras vidas, eso es parte del precio por su ceguera.

Siguió tan bello, tan burlón, tan distante como siempre. Ya no se retorcía de impotencia ni aullaba de dolor y de resentimiento cuando se hablaba de su ceguera, como cuando me lo habían entregado, tanto tiempo atrás, me parecía; y yo no había decidido aún si era un adelanto o un retroceso velado. Cuando lloraba y se mordía los puños y echaba sangre y espuma por la boca, yo tenía armas para defenderlo. Ahora era impenetrable y las palabras no nos servían para nada. El muy maldito. El repelente, vicioso, fantástico señor de la oscuridad.

—Otra vez, su afecto por las verdades a medias me deprime, doctor. Yo no soy ciego. Si lo fuera, si no viera nada, no estaría acá, y ustedes tampoco, concédame eso.

—Sea. Hablamos de ceguera porque es el único término del que disponemos. Para su situación, para la de todos los navegadores, tendríamos que haber inventado un término y hemos cometido el error de no hacerlo. Digamos que usted ve en forma distinta.

—Digamos que son ustedes los que no ven. Son ustedes los distintos, no yo. Yo soy el que ve.

No contesté.

—¡Váyase! —me gritó.

—Buenas noches, Edmei.

La ciudad, llamémosle ciudad porque de no hacerlo habría que emplear la paráfrasis-traducción del nombre que ellos usaban, era un enorme bloque de piedra y al decir enorme quiero decir exactamente eso: enorme, tanto como una provincia, como un país. No veíamos sus límites. Pero por el contrario no es justo decir que era un bloque: panal, sería más apropiado. Masiva pero etérea, porque estaba atravesada por pasajes, calles, escalones, ventanas, verandas sin exageración, terrazas, recovas. Un solo edificio no, sin embargo: una ciudad. El color era el de las viejas estatuas en los jardines sin dueño, el de los panteones carcomidos, y a pesar de eso brillaba cuando su sol distante aparecía después del polvo, el sol grisáceo, un poco maligno, enfermo. Imponente era, eso es, pero también amable.

Lo catastrófico estaba en nosotros y era que Edmei l'Hostave había querido acompañarnos.

Sin vehículos, por una oscura cuestión de protocolo que no se había expresado pero que el viejo Coronel había intuido, el viaje había sido largo y agotador. Estábamos extenuados cuando llegamos al pie de la ciudad, esa denominación inevitable, estábamos extenuados por la distancia, por el aire frío y porque l'Hostave había insistido en que por turno le hiciéramos de lazarillo, algo que nunca había necesitado. Yo había tratado de erigir un leve argumento apuntando a su altanería, pero había fracasado: tendría que haber sabido que en lo concerniente a su mutilación, la vergüenza podía convertirse en orgullo cuando se trataba de utilizarla en contra nuestro.

Nos detuvimos y comprobamos que en el lugar era como si toda muestra de vida, no solamente la vegetal, hubiera desaparecido hacía muchos siglos. Nos detuvimos y esperamos: l'Hostave me hizo llamar a su lado.

—¿Cuál es su impresión acerca de todo esto, doctor?

—Es un poco temprano para opinar.

—Vamos. ¿Un hombre tan ingenioso como usted, un hombre capaz de tomar notas sobre la irrealidad de la realidad?

Preferí no decir nada, y después de un momento l'Hostave siguió hablando, como siempre sucede.

—Me dijo Laventor, porque aunque resulta difícil de creer he conseguido hacerlo hablar de algo que no es la presión atmosférica, que parece una enorme boca de piedra semicerrada, semisonriente.

No era una mala descripción.

—Algo así —contesté.

—¿Hay alguien?

—Nosotros.

—¿Y qué hacemos acá parados como unos estúpidos?

—Por ahora somos estúpidos, Edmei. En cuanto a lo que hacemos, esperamos.

—Esperamos qué.

—No sabemos.

—Lindo conjunto de descerebrados el de ustedes. Y pensar que se me obligó a acompañarlos.

—Nadie lo obligó, ¿se acuerda?

Se rió:

—¿Qué es esto? ¿Una sesión de análisis?

Dije que no y él se adelantó unos pasos. Sin lazarillo. Estaba vestido de blanco y él también brillaba, contra la ciudad. Allá en el Aracneus la cámara de torturas había sido reemplazada por un jardín de rocas sobre el cual llovía constantemente: en el medio se alzaba una cúpula de vidrio y él se refugiaba allí para oír caer el agua.

—Voy a entrar —anunció.

El Coronel se puso apoplético y abrió la boca para ladrar pero yo me le adelanté:

—Haga como quiera.

—¿Alguien se opone?

El Coronel se oponía, todos nos oponíamos, pero éste era mi dominio y volví a adelantarme:

—Pero no, nadie. Vaya, entre, pero después no me venga a hablar de descerebrados.

Se quedó quieto:

—¿Y con eso qué me quiere decir?

Este bello ejemplar de la demencia del hombre, este pobre despojo incompleto e infinitamente sagaz, esta criatura nuestra, hipertrofiada hasta la locura en algunos sentidos y muerta apenas nacida en otros, podía hundirnos, hacer fracasar el proyecto, entregarnos a quién sabe qué destino. Es cierto que no sabíamos exactamente lo que teníamos que hacer, es cierto que quizás estaban esperando que entráramos, pero también lo es que lo más prudente parecía ser la espera. Si yo fuera capaz de estremecerme, me hubiera estremecido.

—¿Necesita de mi ayuda para averiguarlo, Edmei?

Otra vez e inesperadamente soltó una risa y yo me tranquilicé. Pero no hubo tiempo para más porque en un portal a nivel del suelo habían aparecido los Sinergarcas o quizás otros personajes que se les parecían. Por el momento yo los veía a todos iguales.

Se adelantaron seis de ellos, codo con codo todos al mismo paso. Los dos de los extremos se detuvieron, cuatro siguieron avanzando, los dos de los extremos se detuvieron, dos siguieron avanzando, uno se detuvo, el otro llegó frente a nosotros y nos contó la historia de la ciudad que era la historia de la raza.

Dos horas estuvimos ahí de pie, quietos, escuchando, bajo el frío y el sol gris. Dejé de interesarme por las reacciones de los demás, me desentendí incluso de l'Hostave. Ese hombre hablaba y contrariamente a lo que hubiera podido esperarse de un compatriota mío, no era una historia política la que contaba sino una sociosofohistoria si se me permite la libertad expresiva o el monstruo lingüístico como lo calificaría Do Laneu.

A veces he pensado que el Coronel lee el pensamiento, como los magos de feria; ésa fue una de las veces. Yo estaba empezando a sentirme nuevamente inquieto pensando en qué sería lo que se esperaba que hiciéramos después, y de pronto me di cuenta de que se estaban entregando a nosotros como quien entrega su alma en una imagen, como quien nombra un mundo para poseerlo, con ese relato. Y peor: que al terminar su historia callarían para dar lugar a que hiciéramos lo mismo. A menos que el Coronel no lea el pensamiento y yo haya gemido en forma audible.

El Sinergarca, porque lo era, calló. Y los cielos se abrieron y produjeron un milagro. Quiero decir que el Coronel se inclinó ceremoniosamente y contestó:

—Gracias —con voz tonante, como correspondía—. Ahora designaré a uno de nosotros para que cuente a su vez nuestra historia y dejemos de ser desconocidos.

Y me llamó.

Me acerqué, esperando que a l'Hostave no se le ocurriera tener un estallido de celos, de vanidad, de histrionismo, de desprecio, de lo que fuera. Me ubiqué al lado del Coronel, frente al Sinergarca, y hablé. No puedo reproducir lo que dije que fue mucho porque traté de ajustarme al mismo tiempo que había empleado el otro, dos horas, pero sé que empecé con el caos y terminé con nuestro encuentro: toda una hazaña. Me temo que mentí sin escrúpulos en las partes convenientes. No era cuestión de nombrar a Atila pero embellecí a los Médicis; pasé por alto el Tercer Reich y suavicé a Augusto; ignoré a Alabama y hablé de la Cittá del Sole; deseché a Hernán Cortés y recordé a Einstein; nada de Torquemada ni de Ian Smith ni de Felipe II, y mucho de Leonardo, de Bergman, de Mozart, y así por el estilo hasta terminar con el hombre, nosotros, tratando otra vez de lograr un mundo estable, ya no sobre el suelo y precariamente ahora que había reconocido que duración y extensión son equivalentes y manejables.

El Sinergarca sonreía, el Coronel también, y, cosa que podía ser alarmante o tranquilizadora, fatal o estupenda, l'Hostave también.

Los dos viejos extendieron su mano derecha casi simultáneamente, el nuestro medio segundo más tarde y yo volví a pensar que el Coronel sabía leer en la cabeza del prójimo, y la pusieron sobre el hombro izquierdo del Otro. Con lo cual queda dicho que, quizás, el proyecto iba camino de realizarse.

Entramos a la ciudad.

Espero, con todo egoísmo, que el recuerdo de ese día muera conmigo. Jamás me ha conmovido el espectáculo de la naturaleza por grandioso o inaudito o amable que fuera, pero siempre he estado dispuesto a admirar los trabajos del hombre, aun los abominables y éste no lo era en absoluto. A pesar del cansancio caminé por la ciudad, me icé por las escalinatas y me asomé a los balcones. Ya no éramos desconocidos, los Sinergarcas nos aprobaban y la voluntad colectiva, la gente, acudía a vernos, a tocarnos, a hablar con nosotros. La ciudad tenía un nombre, intraducible por supuesto a una sola palabra con o sin sentido, pero que podría describirse como el punto, el lugar (también el tiempo) en el cual se reproducen en forma estática (que también quiere decir esquemática y que debe aproximarse más al sentido original) los ciclos de la armonía.

El Coronel exultaba: ya no tenía dudas sobre el éxito del proyecto. Laventor descubrió un observatorio y nos dejó y no volvimos a verlo hasta el otro día; el Coronel sonrió con benevolencia y lo dejó hacer. Porteloup se reunió en una plaza o el sitio vacío que espera la presencia, cosa que también puede expresarse como el recipiente que ha de llenarse con sonidos, con historiadores que eran también sociólogos, y lo rescatamos afónico diez horas después. No he olvidado a l'Hostave: sin lazarillo pero exagerando su desamparo, sonreía y hablaba con la más suave de sus voces a todos los que se le acercaban: les preguntaba sus nombres, les pasaba las yemas de los dedos por las caras, irradiaba una indefensa ternura. Lo vi sentado junto a una poterna rodeado de gente que lo miraba fascinada. Miserable hijo de puta, pensé, por qué tiene que estar siempre ahí, por qué tengo que encontrármelo por todas partes. Hubo que explicar a los Sinergarcas y por lo tanto a la voluntad colectiva lo que entendíamos nosotros por la firma de un tratado. Pero como la palabra hablada era tan importante como la escrita, tuvimos una fatigosa ceremonia doble durante la cual las cosas se hicieron a su modo y al nuestro. Me alegra poder decir que no nos equivocamos ni una sola vez. Insistimos en que primero se dijera en voz alta lo que habría de escribirse, recitamos el texto y los nombres, uno a uno y todos a coro, escribimos, firmamos, pusimos nuestras manos derechas sobre los hombros izquierdos de los Otros, desfilamos, sonreímos y nos sentamos en círculos y contestamos preguntas.

Cuatro días después hubo una fiesta.

l'Hostave había estado todo ese tiempo extrañamente domesticado: ni siquiera había hecho cambiar el jardín de rocas por un monasterio medieval o la cubierta de un velero fenicio o la cueva de un alquimista. Empecé a preocuparme por él, por mí y por el proyecto. Estaba destinado a la inquietud, detrás de la cual, inútil es decirlo, se ocultaban siempre las manos, la inmovilidad, los ojos ciegos, los delirios, la belleza de Edmei l'Hostave.

La fiesta, y me pregunto si Porteloup y su sociología o Do Laneu y su lingüística no hubieran contado mejor que yo esta historia ya que fiesta no es ni la palabra exacta ni el concepto adecuado que respondería más o menos a un encadenamiento de actitudes que pueden llevar a la exaltación en la memoria colectiva de una situación que merece ser fijada, la fiesta consistía en un río de gente que iba y venía y se detenía a escuchar a severos personajes sentados sobre estrados bajos, que recitaban sin descanso unos textos ante los cuales nuestros especialistas y no sólo ellos, todos, permanecíamos confusos y encantados. Yo, yo empecé a pensar nuevamente en mis notas inexistentes, las que había inventado para l'Hostave la noche de mi casi ejecución.

Detuve a un hombre joven y le pregunté qué era lo que estaba diciendo el recitador ante el que estábamos.

—Es la parte dos veces y media vigésimoprimera del Canon —me contestó— y también la historia del gigante aún no nacido que venció a la muerte dejándose vencer por ella.

—Ya me parecía —dije—. Gracias.

Debo explicar que no había sido de mi parte una salida burlona. Busqué a Do Laneu y lo encontré sentado junto a otro estrado tomando notas frenéticas en taquigrafía.

—Qué dicen —le pregunté.

—Hmmm —me contestó.

—Oiga, Do Laneu, qué dicen, qué es lo que dicen.

—Hágame el favor, doctor, váyase a pasear por ahí —y siguió moviendo el lápiz.

—Hubiera podido traer un grabador, ¿no?

—Agoté todas las cintas, todas. ¿Sabe desde cuándo estoy aquí? Ahora vuele, váyase, déjeme en paz.

Volví al Aracneus, me senté en el salón grande que estaba maravillosamente desierto y empecé a pasar las cintas grabadas y fue por eso que no me enteré de nada hasta el amanecer del día siguiente.

Pero lo primero es lo primero y l'Hostave y su destino y el nuestro pueden esperar.

Al principio todo resultaba desoladoramente confuso, hasta que uno dejaba de esforzarse y permitía que las palabras lo atravesaran. Me enteré de las categorías del mundo y del ordenamiento de lo que es. Escuché un largo poema sobre las olas de un mar intercambiable equivalente a todas las masas de agua, todas las que existen, existieron o existirán, aun cuando su verdadera existencia se aplazaba, se derivaba a otro poema que no alcancé a oír, y que a su vez las contenía y era contenido por ellas, con una minuciosa descripción de cada una de sus ondas. Hubo una enumeración de las órdenes que podían darse a un ejército, desglosadas en las que podían ser obedecidas y las que debían ser ignoradas, más un colofón en forma de diálogo acerca de la autoridad. Vino después un discurso sobre los números y otro sobre las palabras. En el primero se hablaba de los números como ficción, como realidad, como interiorización y exteriorización del mundo, como base de: el ritmo, la dimensión, la forma, lo definido, lo indefinido, la razón, la parte, el juicio, la gracia, la experiencia, la idea, la finalidad, la relación, el poder, la acción, la muerte claro está, y algo llamado el alma que contenía a todo lo anterior más el continente y los contenidos. Y cada ítem abarcaba una explicación y una explicación de la explicación. En el segundo no se hablaba de las palabras puesto que, muy razonablemente me pareció, se decía que no se puede hablar de las palabras utilizando palabras. Comenzaba con una descripción, perfecta, del aparato auditivo, y con otra no menos perfecta del proceso de la fonación, para seguir con un estudio del color y la armadura, nosotros diríamos el tono y la estructura, y terminar adjudicando a las palabras, no una función secreta y ordenadora como la de los números, sino una función heráldica, si se piensa en ambos sentidos de *heráldica*, y moderadamente peligrosa.

Estaba en la mitad de un poema épico sobre la antecreación de todas las estatuas, cuando vinieron a buscarme.

En ese momento de la noche, o del día, porque me había pasado toda la noche allí y estaba amaneciendo, yo había llegado a la conclusión de que ya conocía todos los textos aunque no los hubiera leído ni oído jamás, simplemente porque eran mis notas imaginarias, en las que no había pensado estrictamente, pero que en cierto modo yo había devuelto al mundo al mentirle a l'Hostave. Una voz interfirió con la descripción de la desnudez de los antebrazos y entendí que alguien me necesitaba.

Apagué el grabador.

—Se puede saber qué pasa.

—El Coronel necesita verlo con urgencia, doctor. Lo hemos estado buscando desesperadamente, nadie se imaginó que estaría acá.

Pensé que las estrofas siguientes se referirían a las manos y me detuve en anillos de encaje de piedra.

—¿Con urgencia, dijo?

—Ha habido un. Un incidente.

—Qué pasa.

—Apúrese, doctor, por favor.

Y allá nos fuimos.

Los contadores de textos seguían recitando como si recién hubieran empezado, pero nadie los escuchaba. Seguimos hasta una plaza: recordar lo que dije sobre la denominación de las plazas. Yo, francamente, esperaba un tumulto, y esperaba también lo peor y no podía dejar de pensar en l'Hostave y por supuesto tenía razón pero no en lo del tumulto. Me encontré con una escena muy pacífica. Sentados, de pie, esperando serenamente algo que deseé que no fuera mi llegada, estaban los Sinergarcas, los nuestros, y un grupo muy grande de personas de la ciudad. El Coronel me salió al encuentro.

—Quieren quedarse con l'Hostave, doctor —me dijo en voz muy baja.

—Espérese un momento, se puede saber qué ha pasado.

—Usted es médico y va a entender mejor todo este lío. Dije que necesitaba que usted estuviera acá, pero sobre todo estoy tratando de ganar tiempo. No sé qué hacer.

Debí haber puesto una cara desagradablemente no profesional, porque el Coronel entró a darme explicaciones.

—Quieren su cuerpo.

—No entiendo.

—Quieren su cuerpo porque es hermoso aunque su alma es fea, o al revés. Escuche, a ver si usted entiende, porque yo no: le llaman cuerpo al alma y alma al cuerpo, es decir que para ellos el alma es el cuerpo y viceversa, ¿ve?

Eso parecía ser muy simple, pero lo pensé un poco y decidí que no lo era.

—Espere —dijo el Coronel—. ¡Porteloup!

La mole de nuestro profesor emérito, académico y otros títulos en sociología, se abrió paso entre la gente.

—Qué opina usted de la ignorancia, doctor —me preguntó.

—Que es sumamente peligrosa —le contesté.

—Así me gusta —dijo el Coronel—, pongámonos a filosofar ahora.

—Debimos haber traído dos médicos —dijo Porteloup—, usted para ocuparse del navegador y un fisiólogo para que cubriera los probables aspectos ocultos de las diferencias entre ellos y nosotros.

No hice comentarios: tal vez tuviera razón pero hasta ahora yo no tenía nada que decir. Porteloup se dio vuelta y miró a la extraña asamblea tan quieta, después me miró a mí y siguió hablando:

—Conciben una especie distinta de inmortalidad, opuesta a la que planteamos nosotros si y cuando la planteamos. Lo que en ellos es inmortal, o creen que lo es, es esto —se golpeó el antebrazo izquierdo con la otra mano—. Lo de adentro, no vísceras, lo otro, conciencia, alma, como usted quiera llamarlo, puede morir, muere dicen, y no importa. No importa porque el alma, lo que usted y yo llamamos cuerpo, sigue viviendo y sirve para expresar eternamente a la gran conciencia colectiva, cósmica. Eso quiere decir que los Sinergarcas, según nosotros, son muertos, cadáveres, momias. Y según ellos, son las almas inmortales que velan por la comunidad. ¿Comprende?

Claro que comprendía. Lo malo era, no que comprendía, sino que creía.

—Por eso quieren a l'Hostave —dije.

—Ajá —asintió Porteloup.

—Pero l'Hostave tiene un cuerpo, aunque ellos le llamen alma, un cuerpo que es como el nuestro, que muere, que se pudre, hay que explicarles eso.

El Coronel me dijo con mucha paciencia que ya se lo habían explicado y que los Sinergarcas, los tipos esos que según nosotros estaban muertos, habían aceptado la explicación.

—Según parece —dijo Porteloup— ellos pueden hacer algo con él para invertir nuestra fórmula alma-cuerpo.

—Hacer qué —contuve el aliento.

—Incorporarlo a la raza.

Había demasiados silencios en esa conversación. Soy por naturaleza un hombre pacífico y mi formación me ha enseñado a dominarme. Hacía años que no sentía el deseo incontenible como una náusea de darle un puñetazo a alguien. Si le hubiera pegado al Coronel o a Porteloup, me hubiera destrozado la mano. Les dije que si esperaban de mí algún tipo de colaboración, lo menos que podían hacer era decírmelo todo de una vez.

—Traté de aclararlo con ayuda de Do Laneu —dijo Porteloup—, pero como usted sabe aquí las definiciones son descripciones y las descripciones admiten más de una interpretación. Para decirlo breve y brutalmente, se lo comen.

—No, espere.

—Tranquilo —me dijo (eso, Porteloup diciéndome, él a mí, que me tranquilizara)—. Se comen el cuerpo, o sea eso que nosotros llamamos alma por medio de un proceso de, no sé, de simbiosis de conciencias.

—Vampirismo —dijo el Coronel.

—Degradación del yo de la conciencia, una especie de drenaje mental —Porteloup hizo algo que podría haber sido una risa—, más o menos lo que hace usted con sus chiflados, doctor, pero más a fondo.

Eso me golpeó más de lo que yo hubiera querido, o creído que era posible.

—Con lo cual —siguió— obtienen, según ellos, un alma inmortal desprovista de la rémora del tiempo y del cuerpo. La más bella que hayan visto hasta ahora. Según nosotros, un muerto que camina.

—Ah, no, oiga Porteloup, Coronel, no podemos permitirlo.

—A ver qué puede hacer usted.

Miré a los Sinergarcas: no podía hacer nada.

—Nos llevaron frente a un recitador —dijo Porteloup— para que comprendiéramos que estaban respaldados por uno de esos textos.

—El Canon —dije.

—Qué sé yo. Pero o lo dejamos en cuyo caso no podemos volver, nos morimos acá y el proyecto deja de existir; o nos lo llevamos por la fuerza en cuyo caso sí podemos volver, nos morimos en nuestras camas y el proyecto deja de existir.

—Expliquémosles a los Sinergarcas que nos es necesario tener un navegador ciego para el viaje, digámosles que un hombre acostumbrado a ver no puede señalar un itinerario en el espacio.

—Ya se lo dijimos —dijo el Coronel.

—¿Y?

—Dicen que ellos nos van a marcar el camino de vuelta. Eso dicen.

—Si fuera cierto —dijo Porteloup—, yo les entrego al tipo y que hagan con él lo que quieran. Entiéndame, doctor, no soy un desalmado y no me gusta pensar en lo que le espera y probablemente me sentiría muy mal para el resto de mi vida, pero yo se lo entrego. Al fin y al cabo es él contra nosotros y el proyecto. Lo malo es que probablemente no tengan más que otra colección de leyendas en cuanto a itinerarios en el espacio. Y están dispuestos a quedarse con l'Hostave.

—Y l'Hostave qué dice —pregunté.

—Mírelo —me contestaron.

Es muy poco lo que queda por contar. Después de los múltiples e inútiles parlamentos con los que tratábamos de retener a l'Hostave para nosotros, los Sinergarcas no sólo supieron hacernos marcar el itinerario con los datos que les dimos, sino que volvimos con la seguridad de que ya nunca se seleccionaría a recién nacidos para navegadores ciegos porque las ecuaciones hacían innecesaria su existencia.

El proyecto salió adelante, obtuvimos nuestras condecoraciones, nos libramos de nuestra culpa y cargamos con la que habíamos adquirido y nos moriremos en nuestras camas, quizás, algunos de nosotros. Hubo ceremonias: se nos dijo que habíamos escrito otra página de la gloriosa historia de la humanidad. El Coronel no volvió a navegar. Porteloup se retiró a vivir a algún lugar apartado, ningún lugar que yo conozco. Ni Baltrane ni Laventor volvieron de sus últimos viajes. No supe nunca nada más de Do Laneu.

Cuando miré a l'Hostave esa mañana fría en la ciudad y lo vi tan bello entre esas gentes morenas que a pesar de su entrega protocolar a nosotros seguían siendo los desconocidos, pensé que ya no me haría falta reinventar el texto de mis notas, como si ya lo hubiéramos perdido, y así era; y pensé que ya no habría otros como él.

Después de nuestros fallidos intentos, el Coronel y los pilotos intercambiaron tecnicismos con los Sinergarcas. Terminaron por retirarse a algún lugar en el cual los nuestros tratarían de averiguar lo que los Otros sabían de navegación. Cuando volvieron, el viejo Coronel llevaba la máscara de la tragedia y los pilotos miraban con incredulidad las anotaciones que habían tomado.

Emprendimos el regreso mientras la lluvia seguía cayendo sobre el jardín de rocas, y años después decidí escribir mis notas sobre la realidad. Cancelé compromisos, suspendí clases y seminarios, rechacé una invitación a un congreso, aplacé dos conferencias y me recluí en mi biblioteca. Y es aquí donde pongo punto final a esta parte del *Canon de Las Apariencias* que agregarán los recitadores a sus textos y que he titulado "Onomatopeya del ojo silencioso".

Los embriones del violeta

Se dio vuelta bajo las mantas, rugieron los torrentes. Alcanzó a detener la punta de un sueño que hablaba de Ulises: escuchó la respiración tranquilizadora de la noche en Vantedour. Bonifacio de Solomea se estiró a los pies de la cama y sacó la lengua rosa para la rutina de un aseo perezoso. Pero no había amanecido, y los dos volvieron a dormirse. Atravesado en el umbral de la puerta, Tuk-o-Tut roncaba.

Del otro lado del mar, los matronas mecían a Carita Dulce. Habían transportado con cuidado el huevo al aire libre, fijándose dónde pisaban para no tropezar, para no sacudirlo, y lo habían destapado. La cuna enorme se movía al compás de la canción y el sol amarillo pasaba entre las hojas de los árboles y le lamía los muslos. Se movió, se frotó contra las paredes suaves de la cuna y lloriqueó. Los matronas cantaron y una de ellos se acercó y le acarició la mejilla. Carita Dulce sonrió y volvió a quedarse dormido. Los matronas suspiraron y se miraron entre ellos, arrobados.

En la isla era por la tarde: los clavicordios tocaban la Sonata N° 17 en Si Bemol Mayor. Theophilus se preparaba para atacar nuevamente: Saverius había terminado su discurso y él había estado planeando una respuesta brillante. Pero dentro de él resonó la frase: Esta alma también ama a Cimarosa. ¿Se le escapaban las palabras que había pensado decir, la importancia de una conjunción adversativa, el matiz de un adjetivo para calificar un tanto peyorativamente el pretendido modelo universal de la percepción?, y le pareció que Saverius empezaba a mostrarse demasiado satisfecho.

Retorcido como una soga, barbudo y sucio, oliendo a vómito y a sudor, hizo otro esfuerzo para sentarse. Apoyó con fuerza la mano izquierda en el suelo, apretando, apretando para que no temblara, y se agarró a una mata de pasto. Alzó la derecha, se sujetó al tronco del árbol y empezó a izarse. Estaba mareado y una saliva biliosa le llenaba la boca. Escupió, y un poco de baba se le deslizó por la barbilla.

—Cantemos —dijo—, cantémosle a la vida, al amor y al vino.

Tenía siete soles dentro de la cabeza y dos afuera. Uno era anaranjado y podía mirárselo impunemente.

—Quiero —dijo— un traje. Éste está hecho una porquería. Un traje nuevo de terciopelo verde. Verde, eso es, verde. Y botas altas. Un bastón, una camisa. Y whisky en copones de cerveza.

Pero estaba muy lejos del violeta y no tenía fuerzas para caminar.

La fachada de la casa era de piedra gris. La casa misma estaba incrustada en la montaña, y por dentro estaba minada por incontables corredores a los que no llegaba ninguna luz. Las salas de trofeos estaban vacías: en el monte, los Cazadores asaban carne de ciervos. Había salas tapizadas de negro a las que a veces entraban los Jueces. Todo estaba en silencio como lo estaba la mayor parte del tiempo: las ventanas seguirían cerradas. La cámara de torturas se encontraba en el sótano, y hacia allí llevaban a Lesvanoos, con las manos atadas a la espalda.

Mientras tanto, quince hombres cansados se acercaban en la oscuridad. Once de ellos habían sido elegidos por sus aptitudes físicas, su valor y su capacidad de obediencia: los cuatro restantes, por sus conocimientos. En el único lugar que no era un pozo destinado a la mayor cantidad posible de funciones útiles, siete se sentaban alrededor de una mesa.

—Digamos que diez horas más —dijo el Comandante.

Leonidas Terencio Sessler pensó que se habían dicho demasiadas cosas en ese viaje, y que por lo visto, seguían y seguirían diciéndose demasiadas cosas. Había habido discusiones, peleas, gritos, órdenes, disculpas, explicaciones, discursos moralizantes (a su cargo, exclusivamente a su cargo). Su intención no había sido nunca resultar moralizador, pero en el deseo de paliar un poco lo que sabía que a los oídos de los demás sonaría como cinismo, algo se modificaba en el proceso oscuro por el que los pensamientos se transformaban en palabras, y terminaba por aplastar con moralejas a todo el mundo. Había tenido tiempo de comparar muchas veces ese proceso con el que, creía, debía producirse en la creación —un poema, por ejemplo: "sé salir antes del día sin despertar la estrella verde"— y había llegado a la conclusión de que la detonación del lenguaje, grito, lenguaje, nombre —otra vez: "habitaré mi nombre"— había sido un error monstruoso, o una broma sangrienta. Eso, según su estado de ánimo; en el segundo caso (cuando llegaba a ser capaz de aceptar la posibilidad de la sospecha de una sospecha: la existencia de dios), chistes interminables y reeditados, autobiografías desoladas, recomendaciones y presunciones.

—Deberíamos —dijo— suprimir las palabras y comunicarnos con música.

El Comandante se sonrió, torciendo la cabeza como un pájaro de alas cortas, desconfiado.

—No me refiero solamente a nosotros —explicó Leo Sessler—, sino al hombre en general.

—Mi querido doctor —dijo el ingeniero Savan—, según usted, ¿en este momento deberíamos abrir las bocas y emitir una marcha triunfal?

—Ajá.

—¿No es lo mismo si gritamos viva viva, hurra hurra?

—Por supuesto que no.

—Doce notas son poco —dijo Reidt el joven inesperadamente.

—Y veintiocho signos son demasiado —contestó Leo Sessler.

—A ver ese café —dijo el Comandante.

A las once, hora de navegación, aterrizaron en el así llamado Desierto Puma. No era un desierto, sino una vasta depresión cubierta de hierbas amarillentas.

—Triste tierra —dijo Leo Sessler.
—Diez horas cincuenta y cuatro —le contestaron.
Y también:
—No dormí nada anoche.
—¿Y quién durmió? —dijo alguien más.

Los cruzaban todos los ruidos precisos, matemáticos, perfectos. El Desierto Puma se extendía, engañosamente reseco, y se elevaba en los bordes como un gran plato de sopa. Los hombres se vestían, cada uno junto a su casillero, con trajes blancos; se ponían duros guantes articulados y botas hasta la rodilla, equipo completo de descenso. Leo Sessler se calzó los anteojos y encima las antiparras reglamentarias, estúpidas precauciones. Savan silbaba.

—Cuando estén listos —dijo el Comandante que siempre era el primero en estar listo—, junto a la cámara de salida —y abrió la puerta.

—¿Usted preferiría morirse a quedarse ciego, Savan? —preguntó Leo Sessler.
—¿Cómo? —dijo el Comandante desde la puerta.
—Esos soles —dijo Leo Sessler.
—No hay cuidado —contestó el Comandante—, Reidt el joven sabe lo que hace —y cerró la puerta.

Reidt el joven se ruborizó: dejó caer un guante para poder agacharse y no tener que exhibir la cara ante los demás.

—Morirme —dijo Savan.

Bonifacio de Solomea arqueó el lomo y bufó.

—¿Qué pasa? —preguntó el Señor de Vantedour. Abajo, aullaban los perros.

En cambio Theophilus tuvo la seguridad del aterrizaje, o, por lo menos, se enteró de que algo había sido visto en el cielo, y que ese algo venía en dirección a ellos. La esperanza había sido reemplazada por el bienestar, relegada y olvidada cuanto antes como algo peligroso. Pero la curiosidad hizo que se mantuviera en contacto con el Maestro Astrónomo. Así supo el lugar en el que eso había caído o bajado, y aunque no le entusiasmaba la idea de viajar sin dormir, hizo que lo comunicaran con el Maestro Navegador.

—Apaguen esa música.

Los clavicordios se interrumpieron en medio de la trigésima sonata.

Un jinete entraba a galope tendido en el patio de honor. El Señor de Vantedour se levantó de la cama, se echó una capa sobre los hombros, y se acercó a los balcones. El hombre gritaba algo allá abajo, venía de los puestos de observación, y señalaba hacia el oeste.

—Después del desayuno —dijo el Señor de Vantedour.

En la habitación no había nadie para escucharlo, salvo Bonifacio de Solomea que aprobó silenciosamente.

Carita Dulce lamía las paredes húmedas de la cuna, y Lesvanoos, atado a la mesa, desnudo, miraba al verdugo y el verdugo esperaba.

Vestido con el traje de terciopelo verde, apoyándose en el bastón, se alejó del violeta cantando. Llevaba una copa en la mano. El sol brillaba en el cristal y en los botones de perlas de la camisa. Estaba en paz y la felicidad era tan fácil.

Bajaron ocho de ellos, el Comandante, Leo Sessler, el ingeniero Savan, el radiooperador segundo, y cuatro tripulantes más. Todos llevaban armas livianas, pero el único que se sentía ridículo era Leo Sessler.

Savan levantó la cabeza para mirar al cielo, y dijo a través de la mascarilla, con una voz desconocida:

—Reidt el joven tenía razón. Uno de ellos, por lo menos, es totalmente inofensivo. Mire para arriba, doctor.

—Gracias, no. Supongo que lo voy a hacer en cualquier momento, sin darme cuenta. El sol siempre me ha inspirado cierta desconfianza. Imagínese cuando me encuentro con dos.

Empezaban a remontar la cuesta suave.

—Cuando salgamos de esta hoya —dijo el Comandante y se detuvo.

Contra el horizonte dorado galopaba un potro, negro a contraluz. Todos se quedaron parados, quietos y mudos, y uno de los tripulantes alzó el fusil. Leo Sessler alcanzó a verlo y le hizo un gesto negativo, el potro seguía galopando a la vista de todos por el borde de la depresión, como ofreciéndose para que lo contemplaran, lleno de fuerza, azotado por el frío de la mañana, animado por ríos de sangre caliente en los ijares y en los remos, las narices dilatadas y burlonas. De pronto desapareció, bajando hacia el otro lado de la pendiente.

—Ah no —dijo el ingeniero Savan—, pero si eso era un caballo.

Y al mismo tiempo:

—¿Ustedes vieron? —preguntó el Comandante.

—Un caballo —dijo uno de los tripulantes—, un caballo mi Comandante, señor, pero no era que no íbamos a encontrar animales.

—Ya sé. Nos hemos equivocado. Bajamos en otra parte.

—Cállese, Savan, no diga estupideces. Hemos bajado exactamente donde debíamos.

—"Pasaron los caballos que corrían al osario, fresca todavía la boca de salvias de la tierra." Solamente que ésta no es la Tierra y aquí no debería haber caballos —dijo Leo Sessler.

El Comandante no le ordenó que se callara. Dijo:

—Adelante.

El Maestro Navegador le había hecho saber que todo estaba preparado. Sentado frente al comunicador, Theophilus escuchaba. Oyó:

—"Pasaron los caballos que corrían al osario, fresca todavía la boca de salvias de la tierra." Solamente que ésta no es la Tierra y aquí no debería haber caballos.

Y después, otra voz:

—Adelante.

Para cuando llegaron al borde del Desierto Puma, el sol amarillo calentaba la parte de afuera de los trajes blancos, pero allí adentro ellos no sentían el calor.

Se detuvieron en el límite de un mundo verde y azul, manchado de puntos violetas. Estaban en la Tierra en la primera mañana de una nueva edad con dos soles y caballos, bosques de robles y sicomoros, parcelas de tierra cultivada, girasoles y sendas.

Leo Sessler se sentó en el suelo: algo le saltaba dentro de las tripas, algo le había sellado la garganta y andaba jugando dentro de él, Proteo, leyendas. Se partió: por favor, tengamos calma. Suponía que Savan estaba pálido y que el Comandante había decidido seguir siendo el Comandante: Leo Sessler sabía que era un hombre enfermo. Pensó que era una suerte que Reidt el joven se hubiera quedado. El Comandante desplegó un mapa y planteó el asunto, dirigiéndose a todos. Lejos, el potro galopaba contra el viento.

—Díganle al Maestro Navegador que ya bajo —dijo Theophilus.

Carita Dulce se encogió, las rodillas contra el mentón. Lesvanoos suplicaba que lo azotaran: el verdugo tenía orden de seguir esperando.

Hacía girar el bastón con la mano derecha y con la izquierda se llevaba el copón a los labios. El whisky chorreaba sobre el terciopelo verde.

—¿Cuántos hombres? —preguntó el Señor de Vantedour.

—Ocho —contestó el vigía.

—La cosa es así —dijo el Comandante—: los datos no coinciden, de modo que debe haber un error en alguna parte. Creo imposible que nosotros nos hayamos equivocado. La alteración debe estar, con seguridad, en la información que nos ha sido suministrada.

Cada hombre responde al ritual lingüístico de su clase, pensó Leo Sessler.

—Se nos ha hablado de vida vegetal pobre, musgos, pastos, y a veces arbustos, y nos encontramos con árboles

Cultivos, eso es más grave (Sessler).

—, hierbas altas, en fin, una vegetación asombrosamente rica y variada. Sin contar con los animales. Según los informes previos, solamente debíamos haber visto insectos, pocos, y algunos vermiformes.

—Está el asunto del agua —dijo Leo Sessler.
—¿Qué?
—Escuchen.
A la distancia, rugían los torrentes.
—El agua, eso es, el agua —dijo el Comandante—, otra incongruencia.
Savan se sentó en el suelo, junto a Leo Sessler. El Comandante tosió.
—Creo —dijo— que se consignaban hilos de agua, intermitentes por otra parte, y estacionales, que se hundían en el suelo. Pero lo importante ahora es resolver qué vamos a hacer. Podemos seguir. O podemos volver y celebrar algo así como un concejo, con la información previa a la vista, para compararla con lo que acabamos de ver.
—Alguna vez vamos a tener que ir —dijo el ingeniero Savan.
—De acuerdo —dijo el Comandante—. Yo había pensado más o menos en los mismos términos. La reunión podrá hacerse después, y la ventaja de seguir reside en que contaremos con datos más amplios. De todas maneras, si alguien quiere volverse —eso involucraba también a los tripulantes, posiblemente no al radiooperador segundo—, puede hacerlo.
Pero nadie se movió.
—Sigamos entonces.
Plegó los mapas. Savan y Leo Sessler se pusieron de pie.
—Tengan las armas listas pero nadie las use sin orden mía, vean lo que vieren.
¿Potros? ¿Una cabina de teléfonos? ¿Un tren? ¿Una cervecería? Lo cotidiano: vermiformes e hilos de agua intermitentes y estacionales.
—Todo parece tan tranquilo.
Leo Sessler pensó una de sus frases célebres y se rió de sí mismo. Algún día escribiría sus memorias de hombre solitario, y habría un apartado especial dedicado a sus frases célebres, pequeñas enunciaciones dogmáticas que habían nacido frente a situaciones inesperadas que los demás no

comprendían y él tampoco, para tratar de reducirlas a su no-moral de la fragilidad humana. Por ejemplo, en este caso, que la belleza, porque todo esto era de una belleza maternal, no garantizaba una acogida amistosa. No lo había sido, indudablemente, para el comandante Tardon y la tripulación de la *Luz Dormida Tres*. Podía haber silenciosas emboscadas. O monstruos. O aquí la muerte podía adoptar formas amables. O sirenas, o simplemente venenos flotantes. O emanaciones que fortalecieran en el hombre el deseo de morir. Lo que no explicaba el potro ni los campos cultivados.

—Eso es un camino —dijo Savan.

Ni los caminos.

Se pararon frente al camino de tierra apisonada.

Ni algo tan familiar como los girasoles.

—Por el camino —dijo el Comandante—. Siempre nos va a resultar más fácil andar por un camino que a campo traviesa.

Hasta un militar de profesión podía tener rasgos admirables, y lo cierto es que esos rasgos admirables podían muy bien formar parte precisamente del conjunto de inclinaciones y cualidades que llevan a un hombre a elegir esa profesión abominable. Eso, decidió Leo Sessler, era demasiado largo, no formaría parte del capítulo de las frases célebres, sino de, veamos, de *Las Reflexiones del Atardecer*. Los soles estaban sobre sus cabezas, las botas levantaban pequeños remolinos de polvo, un polvo blanco que flotaba un momento y caía suavizando las huellas de pies. El Comandante dijo que caminarían durante una hora más, y que, en caso de no encontrar nada nuevo, volverían y programarían una exploración más completa para el día siguiente. El camino atravesaba el bosque de robles. Había pájaros pero nadie los comentó: el potro había resumido a todos los animales que no debían haber existido.

—Efectivamente, es posible —dijo el Señor de Vantedour—. ¿Cómo los oyó?

—Creando un comunicador. Sumamente fácil, hágame acordar que se lo explique.

—Las ventajas de ser experto en electrónica superior —sonrió el Señor de Vantedour—. ¿Por qué vino a verme a mí?

—¿A quién esperaba que fuera a ver? —preguntó a su vez Theophilus—. ¿A Moritz? Kesterren queda fuera de alcance. Y a Leval hay que encontrarlo cuando es LesVan-Oos, pero me temo que ahora pasa la mayor parte del tiempo siendo Lesvanoos.

—Quiero decir si usted espera que hagamos algo.

—No sé.

—Por supuesto, usted comprende que podríamos hacer cualquier cosa.

—Por cualquier cosa usted entiende suprimirlos —dijo Theophilus.

—Sí.

—Fue lo primero que pensé. Y sin embargo.

—Eso es —dijo el Señor de Vantedour—. Sin embargo.

El camino salía del bosque de robles y Carita Dulce reclamaba caricias, más caricias, mientras el hombre del traje de terciopelo verde caía una vez más, la copa se hacía pedazos, el verdugo tensaba las cuerdas, Lesvanoos aullaba, y el Señor de Vantedour y Theophilus trataban de ponerse de acuerdo sobre qué se haría con los ocho hombres de la *Niní Paume Uno*.

Leo Sessler fue el primero en ver el muro de ronda y siguió caminando sin decir nada. Oyeron el galope: ¿el potro? Los hombres vieron alzarse al jinete detrás de la próxima cuesta, o tal vez alcanzaron a darse cuenta de las dos cosas al mismo tiempo, el muro de ronda y el jinete que venía hacia ellos. El Comandante hizo un ademán: abajo las armas. El caballo fue sofrenado y el jinete se acercó al paso.

—Con los saludos del Señor de Vantedour, señores. Se los espera en el castillo.

El Comandante inclinó la cabeza, el jinete desmontó y empezó a caminar al frente del grupo, llevando al caballo de la brida.

El caballo era, o parecía, un pura sangre inglés de perfil

rectilíneo, de gran alzada. Los arneses estaban hechos de cuero teñido de azul oscuro con estrellas doradas estampadas a fuego. El bocado, la barbada, los anillos para las riendas, y los estribos, eran de plata. Llevaba gualdrapas del mismo color que las riendas, con estrellas en la orla.

—Equus incredibilis —dijo Leo Sessler.
—¿Cómo? —preguntó Savan.
—O quizás Eohippus Salariis improbabilis.

Savan no preguntó nada más.

El jinete era un hombre joven e inexpresivo, vestido de azul y negro. Los calzones ajustados eran negros, y la casaca era azul con estrellas doradas en la orla. Una capucha le cubría la cabeza y le bajaba hasta los hombros.

El Comandante pidió al radiooperador segundo que llamara a la *Niní Paume Uno* dando el rumbo que llevaban, sin explicar nada, diciendo que volverían a comunicarse. El hombre se fue quedando atrás.

Cruzaron una rampa almenada sobre un foso seco, y el puente levadizo. Entraron en el patio empedrado. Había una cisterna y ladridos de perros y hombres vestidos como el guía, olor a animales, a troncos quemados, a cuero y a pan caliente. Rodeados por las torres flanqueantes, las almenas y las saeteras, encabezados por el Comandante para quien toda la marcha tenía que haber sido un suplicio, se dejaron llevar hasta la Puerta de Ceremonia: a medias en la sombra del interior, solamente las piernas en el agujero de luz que hacía el sol sobre el piso de losas de piedra, esperaban dos hombres. El guía se apartó y el Comandante dijo:

—Tardon.
—El Señor de Vantedour, querido Comandante, el Señor de Vantedour. Adelante, quiero presentarles a Theophilus.

Los ocho hombres entraron en el salón.

En la isla, el Maestro Astrónomo componía su decimonovena memoria: ésta, sobre la Constelación del Lecho de Afrodita. El jefe de jardineros se inclinaba sobre una nueva variedad de rosa ocre moteada. Saverius leía *La Doctrina Platónica de La Verdad*. La Peonía estudiaba su nuevo peinado. Y en las cocinas se trabajaba en un ibis de hielo que llevaría en el vientre ahuecado los helados de la comida de la noche.

Lesvanoos había eyaculado sobre las piedras rugosas de la cámara. Flojo y dolorido, con los ojos llenos de lágrimas, los labios resecos, la garganta ardiendo, alzó la mano derecha y señaló la puerta. El verdugo llamó en voz alta y El Campeón entró con un manto desplegado que echó sobre Lesvanoos. Lo envolvió, lo levantó en brazos y lo sacó de allí.

El hombre del traje de terciopelo verde dormía bajo los árboles. Siete perros aullaban a las lunas.

Carita Dulce se había despertado y los matronas le hablaban en arrullos, aflautando las voces, imitando balbuceos de niños.

—Confío —dijo el Señor de Vantedour— en que una explicación hará que nos comprendamos mejor.

Estaban sentados alrededor de la mesa en el Gran Salón.

En las chimeneas ardían los leños, bufones y trovadores esperaban en los rincones. Los sirvientes trajeron vino y carne asada. Las damas habían sido excluidas de la reunión. Eran los ocho hombres de la Tierra, el Señor de Vantedour y Theophilus. Bonifacio de Solomea trepó sobre las rodillas de Leo Sessler y estudió al hombre con sus ojos amarillos. Tuko-Tut guardaba la puerta que daba a la Sala de Armas, los brazos cruzados sobre el pecho.

—Imaginan a la *Luz Dormida Tres* cayendo hacia el mundo con una rapidez mucho mayor de la prevista.

—Nos vamos a estrellar.

Moritz vomita, Leval parece de piedra. El comandante Tardon consigue frenar, no mucho, no todo lo que sería necesario, el impulso suicida de la *Luz Dormida Tres*, que se yergue al fin sobre la tierra desconocida haciéndoles cimbrar los huesos. Pero el suelo de Salari II es gredoso, reseco y flojo, y cede bajo un costado y la nave se inclina y cae.

—Heridos —dijo el Señor de Vantedour—, estuvimos inconscientes mucho tiempo.

Hay un despertar blanco: el sol entra por las grietas abiertas en la popa.

—Salimos de allí como pudimos. Kesterren era el que estaba peor, lo sacamos a la rastra. La *Luz Dormida Tres* estaba acostada sobre la llanura.

El mundo es un frío pedazo de cobre bajo dos soles. Kesterren se queja. Mientras Leval se queda con él, subo a la *Luz Dormida Tres* con Sildor en busca de agua y suero. Tengo las manos quemadas y Sildor está herido en la cara y arrastra una pierna. Afuera ha empezado a soplar el viento, y ya se ha vuelto peligroso pensar.

—Vivimos entre el desierto y la *Luz Dormida Tres*, manteniéndonos con raciones ínfimas, durante varios días, no puedo decirles cuántos. Todos los instrumentos estaban destrozados y la provisión de agua se iba a acabar muy pronto. Kesterren terminó por reaccionar, pero nos era imposible moverlo, la pierna de Sildor se volvió enorme y rígida, y mis manos estaban en carne viva. Moritz se pasaba el día sentado, con la cara entre las rodillas y los brazos alrededor de las piernas, y a veces sollozaba sin pudor.

A Leo Sessler se le ocurrió (Bonifacio de Solomea dormía sobre sus rodillas) que el pudor puede muy bien dejar de florecer en un mundo desierto, donde no hay agua ni comida ni antibióticos; en un mundo con dos soles y cinco lunas, al que el hombre llega por primera vez en misión precolonizadora para un rápido viaje de reconocimiento, y donde se ve obligado a enfrentar sus pocos, últimos días.

—Yo había decidido matarlos, ¿me comprenden? —dijo el Señor de Vantedour—. Entrar a la *Luz Dormida Tres*, dispararles desde ahí y pegarme un tiro después. No podíamos salir en busca de agua. Incluso si la hubiéramos encontrado —hizo una pausa, desdeñando hilos de agua intermitentes, estacionales e improbables—, nuestras posibilidades de sobrevivir eran tan limitadas que resultaban casi inexistentes. Algún día desembarcaría otra expedición, ustedes, y encontrarían los restos de la nave y cinco esqueletos con agujeros de bala en la cabeza —sonrió—. Sigo teniendo muy buena puntería.

—Comandante Tardon —dijo Savan.

—Señor de Vantedour, por favor, o simplemente Vantedour.
—Pero usted es el comandante Tardon.
—Ya no.

El Comandante de la *Niní Paume Uno* se movió en su sillón y dijo que él pensaba como Savan, que Tardon no podía dejar de ser quien había sido, quien era en realidad. La pregunta de Savan no llegó a ser formulada: suavemente, intervino Theophilus.

—Explíqueles cómo descubrimos el violeta, Vantedour.

—Explíquenos de dónde salió todo esto —dijo el Comandante y abarcó con un gesto el Gran Salón, los trovadores, las chimeneas de piedra, los sirvientes vestidos de azul, los enanos, la Escalera de Honor, Tuk-o-Tut junto a la puerta de la Sala de Armas adornado de collares, alfanje a la cintura, babuchas en los pies; las caras femeninas tocadas con altos sombreretes blancos que se asomaban a los balcones interiores.

—Es lo mismo —dijo el Señor de Vantedour.
—Dígales que somos dioses —sugirió Theophilus.
—Somos dioses.
—¡Por favor!

Camino alrededor de la nave rota esperando acortar el día. Sildor viene a mi encuentro rengueando y caminamos los dos en círculos muy lentos. Evitamos pisar las dos grandes manchas de luz violeta, como lo hemos hecho desde el principio. Tienen bordes imprecisos y parecen fluctuar, moverse, están vivas tal vez, y tal vez son mortíferas. No sentimos curiosidad, ya que conocemos una respuesta.

—No quiero comer.
—Cállese, Sildor. Quedan provisiones.
—Mentira.

Creo que voy a golpearlo, pero él se ríe. Doy unos pasos hacia él: retrocede sin mirar adónde pone los pies.

—No quise insultarlo —dice—. Iba a explicarle que no quiero comer, pero que daría cualquier cosa por tener un cigarrillo.

—¿De dónde sacó ese cigarrillo? —le grito.

Sildor me mira espantado, y después recobra su cara de la nave.

—Escuche, comandante Tardon, no tengo cigarrillos. Solamente dije que quería un cigarrillo.

Lo asalto, como si fuera a luchar con él, lo agarro de la muñeca y le alzo la mano, se la pongo frente a los ojos.

Tiene dos cigarrillos en la mano.

—La única solución posible —siguió el Señor de Vantedour— era que estábamos locos.

Y el universo se desploma encima mío, blando y pegajoso. Acostado en el Lecho de Afrodita, oprimido por la tapa de mi ataúd, oigo muy lejos las voces de Sildor y de Leval. Me llaman, tienen un megáfono, sé que hemos dejado atrás los límites, me silban los oídos y sueño con el agua. Me golpean la cara y me ayudan a sentarme. Kestorren pregunta qué pasa. Quiero saber si los cigarrillos existen. Los tocamos y los olemos. Finalmente nos fumamos uno entre los tres y es un cigarrillo. Decidimos suponer por un momento que no estamos locos y hacer una prueba.

—Quiero un cigarrillo —dice Leval y se mira las manos vacías, que siguen vacías.

Lo repite sin mirarse las manos. Imitamos las palabras, los gestos y las expresiones que teníamos en el momento en que se produjo el primer cigarrillo. Sildor se para frente a mí y dice: No quise insultarlo. Iba a explicarle que no quiero comer pero que daría cualquier cosa por tener un cigarrillo.

No sucede nada más. Me río por primera vez desde que la *Luz Dormida Tres* empezara a tomar demasiada velocidad, ya dentro de la atmósfera.

—Quiero —digo— un refrigerador de alimentos con comida para diez días. Una casa de veraneo a orillas de un lago. Un sobretodo con cuello de piel. Un automóvil Senior De Luxe. Un gato siamés. Cinco trompetas.

Leval y Sildor también se ríen, pero hay un cigarrillo.

Dormimos mal, hace más frío que las noches anteriores,

y si bien Moritz ya casi no habla ni se mueve, Kesterren no deja de quejarse.

Pero a la mañana siguiente, antes de la hora fijada para el desayuno, si es que lo que habíamos venido comiendo podía llamarse desayuno, me levanté antes que los otros se despertaran y, por intrigado que estuviera con lo de la noche anterior, fui hasta la *Luz Dormida Tres* en busca de los rifles. Cuando miré hacia abajo, la carpa y el infinito mundo pardo que empezaba a iluminarse con los dos soles, y las manchas violetas que parecían agua, o aguas vivas, pensé que, con todo, era una lástima. No tenía miedo, no me daba miedo eso de morir, porque no pensaba en la muerte. Después del primer acceso de terror durante mi infancia, había adivinado que esas cosas se aceptan o nos vencen. Pero me acordé del cigarrillo y volví a bajar. Me lo fumé ahí, helado de frío en el viento de la mañana. El humo era de un azul violáceo, casi como las manchas en el suelo de Salari II. Como iba a morir ese día, caminé hasta una de ellas, me paré encima, y comprobé que no sentía nada. Dije "quiero una afeitadora eléctrica" y la deseé realmente con fuerza, me sentí no como si me estuviera afeitando, sino como si yo mismo hubiera sido una afeitadora eléctrica. Me quemé los dedos con el cigarrillo, y el dolor de la brasa sobre las manos ya quemadas me hizo gritar. Tenía una afeitadora eléctrica en la mano.

Los enanos jugaban a los dados junto a la chimenea. Los malabaristas y los trovadores los azuzaban. Un contorsionista se tendió como un arco por encima de los jugadores, las llamas de los leños iluminándole la cara. Redes, claves: los sirvientes miraban y se reían.

—Como la muerte —dijo el Señor de Vantedour—, esto era algo que había que aceptar. Y aun cuando estuviéramos locos, si podíamos fumarnos nuestra locura, afeitarnos con nuestra locura, llenarnos el estómago con nuestra locura, era no sólo conveniente sino necesario aceptarlo. Desperté a Sildor y nos paramos cada uno sobre una de las manchas violetas. Pedimos un río de agua dulce y clara, con peces y lecho de arena, a diez metros de donde estábamos, y lo obtuvimos. Pedimos árboles, una casa, comida, un automóvil Senior De Luxe y cinco trompetas.

Los ocho hombres pasaron todo el día y se quedaron a dormir en el castillo del Señor de Vantedour. Theophilus volvió a la isla. Bonifacio de Solomea y Tuk-o-Tut desaparecieron detrás del Señor.

Esa noche Reidt el joven tuvo pesadillas. Tres enfermeros con los guardapolvos manchados de sangre empujaban montaña arriba una silla de ruedas en la que él iba sentado. Al llegar a la cima soltaban la silla y lo dejaban solo, se volvían corriendo por donde habían subido: iban inflando globos, globos que se hinchaban y los izaban del suelo. Él se quedaba en su silla, al borde de un precipicio sin fondo. En la ladera que caía a pico había escalones excavados, y él se levantaba de la silla y empezaba a bajar agarrándose de los bordes de cada agujero. Gritaba porque sabía que cuando bajara el pie no iba a encontrar el próximo escalón: iba a terminar por soltarse, tanteando con el pie en busca del otro hueco, iba a abrir las manos y a caer y gritaba.

Esa noche el radiooperador primero anotó en el parte un mensaje firmado por el Comandante en el que se decía que habían encontrado un lugar apropiado en el que acamparían para pasar la noche.

Esa noche Les-Van-Oos mató tres serpientes marinas, armado solamente con una lanza, y la multitud lo aclamó. Carita Dulce cerró los ojos dentro del útero-cuna, tanteó entre sus piernas con una mano, y los matronas se retiraron discretamente. Bajo las estrellas que se desleían, el corazón del hombre del traje de terciopelo verde galopaba y se debatía en su jaula.

Esa noche Leo Sessler se levantó de la cama y acompañado por torrentes y por la luz de las teas, recorrió corredores y subió escaleras hasta llegar a la puerta delante de la cual dormía Tuk-o-Tut.

—Quiero ver a tu señor —dijo Leo Sessler tocándolo con el pie.

El negro se levantó y le mostró los dientes, la mano sobre la empuñadura del alfanje.

Si este animal me da un golpe con eso, me destroza.

—Quiero ver al Señor de Vantedour.

El negro hizo que no con la cabeza.

—¡Tardon! —gritó Leo Sessler—. ¡Comandante Tardon! ¡Salga! ¡Quiero hablar con usted!

El negro desenvainó el alfanje, la puerta se abrió hacia adentro.

—No, Tuk-o-Tut —dijo el Señor de Vantedour—, el doctor Sessler puede venir cuantas veces quiera.

El negro sonreía.

—Adelante, doctor.

—Tengo que pedirle disculpas por esta visita intempestiva.

—Pero no. Voy a hacer que nos traigan café.

Leo Sessler se rió:

—Me gustan esas contradicciones: un castillo medieval en el que no hay luz eléctrica pero donde uno puede tomar café.

—¿Por qué no? La luz eléctrica me irrita, pero el café me gusta —fue hasta la puerta, habló con Tuk-o-Tut y volvió a sentarse frente a Sessler—. También tengo agua corriente, como habrá visto, pero no tengo teléfono.

—¿Y los demás? ¿Tienen teléfono?

—Theophilus tiene, para comunicarse con Leval cuando Leval está en condiciones de comunicarse con alguien. Kesterren no lo está casi nunca, y Moritz definitivamente nunca.

Era una estancia enorme y los dos hombres estaban sentados en el centro. La cama, sobre una plataforma de madera trabajada, ocupaba la pared del norte. La pared del oeste no existía: tres arcadas sostenidas por columnas daban a una galería con balcones sobre el patio, desde los que se veían también el campo y los bosques. Todo era desmesurado: los techos eran demasiado altos, había pieles en el suelo y colgaduras en las paredes. No se oía nada, salvo la voz poderosa de los torrentes que Sessler todavía no había visto, y hasta eso se adivinaba gigantesco a la distancia.

—¿Qué vamos a hacer, Vantedour?

—Es la segunda vez en el día que me hacen esa pregunta. Y le voy a confesar que no veo por qué tengo que ser yo el que decida. Theophilus me preguntó lo mismo, cuando supimos que ustedes habían llegado, él por medios mucho más perfectos, y, digamos, más modernos que yo. Entonces se trataba de decidir qué íbamos a hacer con respecto a ustedes. Parece que ahora se trata de qué vamos a hacer con respecto a nosotros.

—Yo me refería a todos, a ustedes y a nosotros —dijo Leo Sessler—. Pero le confieso que soy suspicaz en cuanto a mí mismo y a mis motivos. Sospecho que esto, por importante que sea, no es más que una aproximación oblicua para alentarlo a que me dé algunas explicaciones.

El Señor de Vantedour sonrió:

—¿No le basta con todo lo que dije durante la comida?

Tuk-o-Tut entró sin llamar. Detrás de él venía un sirviente con el café.

—¿Azúcar? ¿Un poco de crema?

—Gracias, no. Lo tomo así, negro y sin nada de azúcar.

—En cambio yo. Vea, me gusta el sabor de lo dulce. He engordado. Hago ejercicio, salgo a caballo y organizo partidas de caza, pero los placeres de la mesa siguen haciendo estragos —se llevó la taza a los labios—. No es que me importe mucho —y tomó un trago del café dulce.

Tuk-o-Tut y el sirviente salieron. Bonifacio de Solomea los miraba, sentado en la cama, rodeado por su cola.

—No quiero anécdotas, Vantedour. Me interesa su opinión sobre este fenómeno de. No sé cómo llamarlo, y eso me molesta. Estoy acostumbrado a que todo tenga su nombre, su denominación; incluso a la búsqueda maniática del nombre correcto. Y a pesar de eso, yo soy el hombre que abomina de las palabras.

—Me explico que necesite nombres para las cosas: ¿usted no es eso que llaman un hombre de ciencia?

—Ajá. Excelente café.

—De nuestras plantaciones. Tiene que ir a visitarlas.

—Cómo no. Aceptemos eso de que soy un hombre de ciencia. Con sus contradicciones, claro. Quiero decir, hubiera podido ser "el acupuntor y el salinero, el peajero y el herrero".

—Hoy habló de caballos que corrían hacia el osario.

—¿Cómo sabe eso?

—Theophilus imaginó un aparato, bastante complicado, estoy seguro, con el que se dedicó a escucharlos desde que desembarcaron.

—Eso nos lleva a mi primera pregunta: qué piensa usted de este fenómeno de conseguir cosas de la nada.

—No pienso ya. Pero tengo una infinidad de respuestas para eso —dijo el Señor de Vantedour—. Puedo volver a repetirle que somos dioses, o que se nos ha convertido en dioses. También puedo decirle que es algo sumamente útil, y que si existiera en todos los mundos eliminaríamos muchas cosas superfluas, religiones, doctrinas filosóficas, supersticiones y todo eso. ¿Se da cuenta? Es que no habría preguntas sobre el hombre. Dele usted a un individuo un instrumento todopoderoso, y ahí tendrá todas las respuestas, créame. O no me crea, no tiene por qué creerme: espere a ver lo que el violeta ha hecho de Kesterren, de Moritz y de Leval, o lo que ellos han hecho de sí mismos con el violeta —dejó la taza sobre la mesa—. Theophilus y yo somos los casos más leves, por lo menos seguimos siendo hombres.

—¿Y ustedes dos no podrían haber hecho algo por ellos?

—No existe ninguna razón por la cual tendríamos que hacer algo por ellos. Lo más terrible de todo es que ellos, nosotros también pero ésa es otra historia, lo más terrible es que ellos por fin son felices. ¿Sabe lo que quiere decir eso, Sessler?

—No, pero puedo entreverlo.

—El hecho de que seamos felices pone en cierto sentido un punto final a todo. En cuanto a qué haremos con ustedes, eso también se contesta fácilmente. Theophilus puede diseñar cualquier cosa, un aparato o una poción o un arma que los haga olvidarse de todo, y hasta creer que han comprobado que Salari II ya no existe, que estalló matándonos mientras cumplíamos nuestra exploración, o que se ha vuelto peligroso para el hombre, o lo que sea.

—Nosotros también podríamos utilizar el violeta.

—Lamento desilusionarlo, Sessler, pero no, no pueden. Nosotros descubrimos el medio porque estábamos desesperados. Ustedes no lo están y nosotros nos vamos a ocupar de que no lo estén mientras sigan en Salari II. Le digo esto para evitarle pruebas inútiles: no se trata de pararse sobre una mancha violeta y decir "quiero las joyas de la corona" para obtenerlas.

—Muy bien, ustedes tienen el secreto y no nos lo van a decir. No crea que no lo comprendo. Pero ¿qué son o qué hay en esas manchas violetas?

—No sé. No sé qué son. Hicimos algunos experimentos, al principio. Cavamos, por ejemplo, y el violeta seguía allí extendiéndose hacia abajo pero no como una cualidad de la tierra sino como un reflejo. Solamente que si usted, parado allí, busca la fuente de ese reflejo, hacia arriba y hacia los costados, no encuentra nada. Permanecen, un poco fluctuantes siempre, también de noche, o sobre la nieve cuando nieva. No sabemos qué son ni qué tienen. Puedo suponer un par de cosas. Que dios terminó por disgregarse, por ejemplo, y que sus pedazos cayeron en Salari II. Es una buena explicación, sólo que a mí, personalmente, no me gusta. Que cada mundo tiene puntos desde los cuales es posible, bajo ciertas condiciones, no olvidemos eso, obtener cualquier cosa, pero que en Salari II son más evidentes. Según esto, en la Tierra también los habría y nadie los habría descubierto. O casi nadie, y entonces podrían explicarse algunas leyendas. Que esas cosas violetas están vivas y los dioses son ellas, no nosotros. Que nada de esto existe —golpeó el suelo con el pie— y que en Salari II el hombre cambia, sufre una especie de delirio que le hace ver y sentir que todos sus deseos se han cumplido. Que es el infierno y el violeta es nuestro castigo. Y así hasta el infinito. Adopte la que más le guste.

—Gracias, pero ninguna de sus teorías me convence.

—De acuerdo, a mí tampoco. Pero yo ya no me hago

preguntas. Y vamos a ver, Sessler, ¿qué clase de hombre es usted?

—¿Cómo?

—Eso, ¿qué clase de hombre es usted? Mañana o pasado irá a ver cómo viven los otros, el resto de la dotación de la *Luz Dormida Tres*. ¿Qué hubiera hecho usted? ¿Cómo viviría?

—Ah no, oiga, Vantedour, eso no es justo.

—¿Por qué? Ya ve cómo vivo yo, lo que quise, lo que pedí.

—Sí. Usted es un déspota, un hombre que no se siente satisfecho si no está en la cima de la pirámide.

—Pero no, doctor Sessler, no. Yo no soy un señor feudal, soy un hombre que vive en un castillo feudal. No envío a nadie al potro, no confisco bienes, no corto cabezas, no me he ocupado de tener señores rivales ni un rey a quien disputar el poder. No tengo ejército, no hay feudo, el castillo es todo.

—¿Y los habitantes del castillo?

—También nacieron del violeta, claro, y son tan auténticos como aquel cigarrillo y aquella afeitadora. Y le voy a decir algo más: son felices y sienten afecto por mí, afecto, no adoración, porque los concebí así. Envejecen, se enferman, se lastiman si se caen, mueren. Pero están satisfechos y me quieren.

—¿Las mujeres también?

El Señor de Vantedour se puso de pie sin decir nada.

—Entonces, ¿las mujeres no?

—No hay mujeres, Sessler. Debido a las condiciones, digamos tan particulares, bajo las cuales puede obtenerse algo del violeta, no nos ha sido posible a ninguno de nosotros obtener una mujer.

—Pero yo las he visto.

—No eran mujeres. Y ahora, si usted me disculpa, y espero que no me tome por un anfitrión desconsiderado, es hora de que nos acostemos. Queda mucho por hacer mañana.

A las tres de la madrugada el doctor Leo Sessler salió al patio del castillo, atravesó el puente, bajó la rampa y empezó a caminar bajo las lunas buscando una mancha violeta en la tierra. Desde los balcones de la galería, el Señor de Vantedour lo miraba.

—Hemos encontrado a la dotación de la *Luz Dormida Tres* —anunció el Comandante.

—¿Cómo murieron? —preguntó Reidt el joven.

—No murieron —dijo Leo Sessler—. Viven, están vivos, saludables y satisfechos.

—¿Y cómo vamos a hacer para llevarlos con nosotros, señor? —preguntó el oficial de navegación—. Cinco hombres son demasiado peso extra.

—No parece que quisieran volver —dijo Leo Sessler.

—Son los dueños y señores de Salari II —casi gritó Savan—. Cada uno de ellos tiene un continente entero para él solo y pueden obtener todo lo que quieren de esas cosas violetas.

—Qué cosas violetas.

—No nos apresuremos —dijo el Comandante—. Reúna a la tripulación.

Los quince hombres subieron al vehículo de Theophilus, con el Maestro Navegador a los controles. Se deslizaron por la superficie de Salari II.

—¿Prefieren volar?

—No —dijo Theophilus—. Sigamos así. Conocen tan poco de Salari II.

—Aquí vive Kesterren.

—¿Dónde?

—En cualquier parte, por aquí cerca. Nunca se aleja mucho.

Los hombres caminaban por el campo, probaban suerte en las manchas violetas.

—Hay un vagabundo acostado allí —dijo uno de los tripulantes.

El Señor de Vantedour se inclinó sobre el hombre vestido de harapos color verde. Estaba descalzo y tenía un bastón en la mano.

—¿Y si nos ataca? —dijo uno de los hombres con la mano en la culata de la pistola.

—Dígale que deje eso —le dijo Theophilus al Comandante.

—¡Kesterren!

El Señor de Vantedour terminó por sacudirlo mientras lo llamaba. El hombre de los harapos abrió los ojos.

—Ya no podemos hablar —dijo.

—Kesterren, despiértese, tenemos visitas.

—Visitas de los cielos —dijo el hombre—. ¿Quiénes son ahora los hombres de los cielos?

—¡Kesterren! Ha llegado otra expedición desde la Tierra.

—Están malditos —cerró los ojos otra vez—. Dígales que se vayan, están malditos, y váyase usted también.

—Óigame, Kesterren, quieren hablar con usted.

—Váyanse.

—Quieren contarle algo de la Tierra y quieren que usted les hable de Salari II.

—Váyanse.

Se dio vuelta y se tapó la cara con los brazos extendidos. Tierra y hojas secas caían de los restos del traje de terciopelo verde.

—Vamos —dijo el Señor de Vantedour.

—Pero vea, Tardon, no podemos dejarlo en ese estado, está demasiado borracho, le puede pasar algo —protestó el Comandante.

—No se preocupe.

—Se va a morir, abandonado ahí.

—Difícil —dijo Theophilus.

El vehículo bajó frente a la fachada gris de la casa gris en la montaña. La puerta se abrió antes que llamaran y quedó abierta hasta que pasó el último hombre. Después volvió a cerrarse. Caminaron por un corredor oscuro, inmenso y vacío, hasta otra puerta. Theophilus la abrió. Detrás había una sala mezquina, sin ventanas, iluminadas por lámparas que colgaban del techo. Dos mujeres muy jóvenes jugaban a las cartas sobre la alfombra. El Señor de Vantedour se les acercó:

—Salud —dijo.

—Me hace trampas —dijo una de las mujeres mirándolo.

—Mal hecho —dijo el Señor de Vantedour.

—Sí, ¿no es cierto? Pero yo la quiero lo mismo. Soy capaz de perdonarle cualquier cosa.

—Ah —dijo él—. ¿Dónde podemos encontrar a Les-Van-Oos?

—No sé.

—Hay una fiesta —dijo la otra— en alguna parte.

—En la sala dorada —dijo la primera.

—¿Dónde queda?

—No pretenderá que la deje sola, ¿no? No puedo ir con ustedes —pensó un poco—. Salgan por esa puerta, no, por la otra, y cuando encuentren a los Cazadores, pregúntenles.

Siguió jugando a las cartas.

—Tramposa —oyó Leo Sessler antes de salir.

Otro corredor igual al primero y corredores iguales a éste y al anterior, que se abrían en ángulo recto. Llegaron a una sala circular, con un techo de losas de vidrio por el que entraba la luz. Un grupo de hombres comía sentado a una mesa.

—¿Ustedes son los Cazadores?

—No.

—Somos los gladiadores —dijo otro.

—¿Dónde está Les-Van-Oos?

—En la sala dorada.

El hombre se levantó limpiándose las manos en el taparrabos.

—Vengan.

Recorrieron, atravesaron corredores, hasta la sala dorada.

El Héroe, despatarrado en el Trono de la Victoria, tenía una corona de laureles sobre la cabeza y absolutamente nada más. Trató de ponerse en pie cuando los vio entrar.

—¡Ah, mis amigos, mis queridos amigos!

—¡Escuche, Les-Van-Oos! —gritó el Señor de Vantedour abriendo los brazos.

La música, los gritos, el ruido, se tragaban todo lo que se decía.

—¡Vino! ¡Más vino para mis invitados!

El Señor de Vantedour y Theophilus se acercaron al Trono. Leo Sessler los miró mientras hablaban, y vio cómo se reía el Héroe, golpeando con la mano abierta sobre los brazos del Trono. El Trono tenía incrustaciones de piedras preciosas, y los brazos, las patas y el respaldo remataban en Gorgonas de marfil con ojos de piedras.

—¡Espléndido, espléndido! —aullaba el Héroe—. ¡Traeremos bailarinas, organizaremos torneos! ¡Que sirvan más vino! ¡Escuchen, escuchen! ¡Saluden a los huéspedes, muéstrenles sus habilidades! Vienen de un mundo miserable, no hay héroes allí, ¡no hay más héroes que los que han quedado en las leyendas y en los estados mayores!

Se levantó y caminó, siempre a punto de resbalar, siempre a punto de caer, hasta el centro de la sala seguido por Theophilus y por el Señor de Vantedour. El ruido se aquietó, no del todo; los vestidos dejaron de flamear, la música bajó.

—Vienen de un mundo en donde la gente mira televisión y come sobre manteles de plástico y pone flores artificiales en floreros de cerámica; donde se pagan salarios familiares, seguros de vida, impuestos a las cloacas; donde hay empleados de banco y sargentos de policía y enterradores —las mujeres se reían—. ¡Denles vino! —cada hombre tuvo que aceptar una copa llena hasta los bordes—. ¡Más vino!

Las jarras se inclinaron sobre las copas y las copas desbordaron y los quince hombres de la Tierra se quedaron quietos mientras el vino les salpicaba las botas y corría por el piso.

—¡Basta, idiotas, esperen a que tomen!

Desnudo y coronado de laureles, el cuerpo lleno de cicatrices y de costras, Les-Van-Oos les daba la bienvenida.

—He visto a la tierra fraccionada volverse estéril bajo el peso de las genealogías —recitaba—, he bajado a las minas, he fabricado cuchillos, he disuelto sal en mi boca, he soñado sueños incestuosos, he abierto las puertas con llaves falsificadas. ¡Denles vino a los hombres opacos de la Tierra, inútiles! ¿No ven que las copas están vacías?

Las copas de los quince hombres seguían llenas. Leo Sessler pensó que le gustaría llevarse a Les-Van-Oos, así como estaba, borracho y obsceno, a algún lugar en el que pudiera seguir haciéndolo hablar; pero que allí, en la fiesta enloquecida, y con la tripulación completa de la *Niní Paume Uno* detrás de él, lo que quería, más que nada, era golpearlo hasta que cayera inconsciente sobre el piso de mármol. Les-Van-Oos era un desecho, flaco y con mataduras, un megalómano babeante y desnudo. Si él lo golpeaba, lo mataría, y los invitados se le echarían encima y lo destrozarían. O tal vez no. Tal vez lo sentarían en el Trono de la Victoria, desnudo. Mientras tanto Les-Van-Oos había visto muchas cosas, había hecho muchas cosas y estaba llegando al borde de sí mismo.

—¡He visto los ritos y los fraudes, he visto migrar a pueblos enteros, he visto ciclones y cavernas y terneros de tres cabezas y tiendas de compraventa! ¡He visto los pecados, he visto a los que los practicaban y he aprendido de ellos! ¡He visto a los hombres comerse unos a otros, y también las huidas! ¡Yo, galeote!

Todo terminó en un hipo y un sollozo. Lo alzaron en brazos y lo llevaron al Trono donde quedó desplomado y jadeante.

—Dejen esas copas y vamos —dijo el Señor de Vantedour.

Leo Sessler puso la suya en el suelo, en el charco de vino sobre el que había estado parado.

Les-Van-Oos pedía a gritos que le sacaran la corona de laureles que le quemaba, que le quemaba la frente.

Los gladiadores habían terminado de comer y se habían ido, dejando platos sucios y sillas volcadas. Las mujeres seguían jugando a las cartas.

Era de noche cuando llegaron a Vantedour.

—Me gustaría ver alguna vez esos torrentes —dijo Leo Sessler.

El Señor de Vantedour estaba a su lado:

—Cuando usted quiera, doctor Sessler. Queda bastante lejos, pero podemos ir en cualquier momento. También tiene que ver los cafetales. Y los invernaderos de Theophilus.

—¿Por qué torrentes?

—En realidad es una gran catarata, mayor que cualquiera que usted haya visto nunca. Es que pasé gran parte de mi vida cerca de una catarata.

—¿Cómo se puede tener una casa cerca de una catarata?

—No era mi casa, yo nunca tuve casa, doctor.

El Señor de Vantedour los condujo a través del patio de honor.

Theophilus volvió a acompañarlos en la comida, y Tuk-o-Tut volvió a pararse frente a la puerta de la sala de armas. El Comandante dijo un discurso y Leo Sessler se rió de él en silencio. El Señor de Vantedour se puso de pie y rechazó con suavidad el ofrecimiento en nombre de quienes habían sido los tripulantes de la *Luz Dormida Tres*. Bonifacio de Solomea estaba evidentemente de acuerdo, y Tuk-o-Tut frente a la puerta y las mujeres de los sombreretes blancos en los balcones interiores, sonrieron.

—No veo que exista otra solución posible —dijo el Comandante.

—La más sencilla y la más sensata es que dejen todo como está —dijo Theophilus—. Vuelvan a la Tierra y nosotros nos quedaremos aquí.

—Pero tenemos que hacer un informe y presentar evidencias. No podemos llevarnos a todos, es cierto, pero por lo menos a Kesterren que necesita asistencia médica urgente, y quizá también a Leval, que necesita que lo traten.

—Usted no ha visto a Moritz —dijo Theophilus.

—Podemos llevar a dos según los cálculos, ya veremos a quiénes.

—Ni hablar. Vuelvan, hagan su informe, pero prescindan de nosotros.

—¿Un informe sin evidencias físicas?

—No será la primera vez. Nadie llevó a la Tierra las columnas de Tammerden ni los glifos de Arfe.

—Eso era menos increíble que.

—Que nosotros.

—De todas maneras hay que poner a esos hombres en tratamiento, es una simple cuestión de humanidad. Y todavía más: cuando lleguen los colonizadores, ustedes estarán ocupando ilegalmente las tierras, y tendrán que volver.

—Me atrevo a anunciarle, Comandante —dijo el Señor de Vantedour— que no habrá colonizadores, y que no volveremos.

—¿Eso es una amenaza?

—De ninguna manera. Piénselo fríamente: ¿colonizadores en un mundo donde, si se sabe cómo, se puede obtener cualquier cosa de la nada? No, Comandante, no es una amenaza. No se olvide que somos dioses y los dioses no amenazan, actúan.

—Eso se parece a una frase célebre —dijo Leo Sessler.

—Tal vez algún día lo sea, doctor Sessler. Pero pruebe por favor estas uvas rosadas. Va a tener que visitar también los viñedos.

Leo Sessler se rió:

—Vantedour, me parece que es usted un comediante, y bastante bueno.

—Gracias.

El Comandante no quiso probar las uvas.

—Insisto en que tendrán que volver. Si no con nosotros, con alguna de las próximas expediciones. Voy a incluir en el informe una recomendación para que se les permita llevar algo de lo que tienen, y también las personas que ustedes quisieran que los acompañasen a la Tierra —miró hacia los balcones interiores—. ¿Alguna de ellas es la Castellana de Vantedour, comandante Tardon? Usted sabe que las recomendaciones que se hacen en un informe se tienen muy en cuenta.

Theophilus se reía:

—Permítame, Comandante, dos objeciones. En primer lugar, nada de lo producido por el violeta puede abandonar Salari II. ¿No se le ocurrió pensar que lo más lógico hubiera sido que diez años atrás, diez años terrestres atrás, pidiéramos una nave en buenas condiciones para volver a la Tierra? La pedimos, Comandante. Pero éramos lo suficientemente desconfiados, estábamos lo suficientemente bien entrenados, como para ensayar con una nave controlada desde el suelo. Si Bonifacio de Solomea intentara acompañar a Vantedour a la Tierra, se desvanecería al dejar la atmósfera.

—¡Entonces nada de esto es real!

—¿No? Pruebe una uva rosada, Comandante.

—¡Déjeme de uvas, Tardon! Usted habló de dos objeciones, Sildor, ¿cuál es la otra?

—No hay nadie a quien quisiéramos llevar, aun si pudiéramos, no hay Castellana de Vantedour, no hay una sola mujer en todo Salari II.

—¡Oiga! —dijo Savan—. Yo las he visto aquí y en esa casa de locos y en.

—No son mujeres.

Leo Sessler esperaba. Todos hablaron al mismo tiempo menos Reidt el joven que se mantenía pálido y mudo, con las manos entrelazadas debajo de la mesa. El Señor de Vantedour dijo:

—Usted es tan amigo de la evidencia, Comandante. Puede llamarlas y pedirles que se desnuden, ninguno se va a negar. La palabra correcta es efebos.

—Pero esas mujeres en la casa de Leval, esas que jugaban a las cartas en el suelo, ¡tenían pechos!

—¡Claro que tenían pechos! Les encanta tenerlos. Y nosotros podemos conseguirles hormonas y bisturíes y cirujanos que manejen los bisturíes. Y un cirujano puede hacer muchas cosas, sobre todo si es hábil. Lo que no podemos conseguir es una mujer.

—¿Por qué no? —preguntó Leo Sessler.

Reidt el joven se había puesto rojo y tenía gotitas de transpiración sobre el labio superior.

—Debido a aquellas condiciones especiales e indispensables bajo las cuales deben concebirse las cosas a crear —dijo el Señor de Vantedour—. Si alguno de ustedes hubiera tenido anoche un grabador, o si poseyera una memoria perfecta, encontraría el medio, entre todo lo que dije.

—Eso cambia las cosas, definitivamente —despertó el Comandante.

—¿Sí? ¿El hecho de que por lo menos cuatro de nosotros nos acostamos con muchachos cambia las cosas?

—Por supuesto. Ustedes son, o eran, pero me atrevo a decir que siguen siendo, oficiales de la Fuerza Espacial.

No, se dijo Leo Sessler, no, no, un hombre no puede recorrer el espacio, pisar otros mundos, deslizarse en el silencio, hundirse en las atmósferas, preguntarse si alguna vez va a volver y para qué está ahí, y seguir siendo nada más que un Comandante de la Fuerza.

—Y yo no puedo cargar con la responsabilidad de desprestigiar al Cuerpo

Nunca he oído una mayúscula con mayor claridad que ésa.

—llevando a la Tierra a cinco oficiales homosexuales.

Entonces Reidt el joven estalló. Leo Sessler cruzó hasta él en dos trancos y le dio una bofetada.

—¡No pueden! —gritaba Reidt el joven y la sangre del golpe brutal de Sessler le corría desde la nariz hasta la boca, tiñendo y arrastrando las gotitas de transpiración, y seguía gritando y rociando la cara de Sessler con una lluvia rojiza—. ¡No pueden obligarme a estar al lado de esa basura! ¡Basura! ¡Basura! ¡Putos asquerosos! ¡Viciosos inmundos! —otra bofetada—. ¡Bárranlos! ¡Me han ensuciado! ¡Estoy sucio!

Leo Sessler cerró el puño.

—Saquen a ese imbécil de mi casa —dijo el Señor de Vantedour.

Dos tripulantes levantaron al muchacho desmayado, por las rodillas y por las axilas.

—¿Y usted decía que nosotros necesitábamos atención médica? —preguntó Theophilus—. ¿Qué me dice de su tripulación, Comandante? Nosotros estamos razonablemente satisfechos, podemos vivir con nosotros mismos, jugamos limpio; pero las noches de ese tipo deben ser una orgía de sexo y arrepentimiento. ¿Usted se arrepiente de algo, Vantedour?

—Podría hacerlo matar —dijo el Señor de Vantedour—. Haga que se lo lleven de acá y lo encierren en la nave, Comandante, o lo hago degollar.

—Llévenselo —dijo el Comandante—. Está bajo arresto en la nave.

—Usen mi coche —dijo Theophilus.

—Me parece que tenemos que disculparnos.

—Oiga Sessler —protestó el Comandante.

—Le pedimos disculpas por el incidente, Señor —dijo Leo Sessler, todavía de pie.

—Sentémonos. Le aseguro que ya me he olvidado de ese infeliz. Y por favor, sigan con el postre. Tal vez prefiera los membrillos a las uvas, Comandante.

—Vea, Tardon, déjese de hablar de comida.

—Vantedour, Comandante, Señor de Vantedour, y es la última vez que se lo digo: es el precio de mi perdón.

—Si usted cree que puede tratarme como a uno de sus sirvientes.

—Claro que puede, Comandante —dijo Leo Sessler—. Lo mejor es que vuelva a sentarse.

—¡Doctor Sessler, usted también está bajo arresto!

—Lo lamento, Comandante, pero ésa es una arbitrariedad que voy a pasar por alto.

El Comandante de la *Niní Paume Uno* empujó con fuerza el sillón en el que había estado sentado durante la comida, que cayó al suelo con ruido.

—¡Doctor Sessler, voy a hacer que lo expulsen de los Cuerpos Auxiliares! ¡En cuanto a ustedes, en cuanto a ustedes!

Leo Sessler tuvo un instante de pánico. No se puede saber cómo va a reaccionar el corazón de un hombre de cincuenta y ocho años, enfermo, maltratado por el espacio, las gravedades y el vacío, frente a una tensión demasiado grande.

Si el Comandante se muere.

—¡Voy a recomendar que se esterilice Salari II! ¡Que toda la vida humana o lo que sea desaparezca, termine, muera!

—Si usted se vuelve a sentar, Comandante.

—¡No quiero sus uvas ni sus membrillos!

—Si usted se vuelve a sentar, yo le voy a explicar por qué no le conviene hacer nada de eso.

Carita Dulce dormía y Lesvanoos lloraba en los brazos de las jugadoras de cartas.

El hombre bajo los árboles había recobrado su traje de terciopelo verde, pero éste era de un verde más claro y las botas tenían hebillas plateadas y una cadena de oro le cruzaba el chaleco. Mala cosa, los sueños.

—Cualquiera de nosotros, Theophilus o yo, y hasta Leval o Kesterren, puede aniquilarlos a todos ustedes antes que usted tenga tiempo de dar una orden.

El Comandante se sentó:

—Usted no es tan estúpido como cree que tiene que ser.

—Eso es un elogio, Comandante —dijo Leo Sessler—. Hemos venido, y usted lo sabe, a romper el equilibrio en Salari II.

—Tenemos cómo hacerlo —dijo Theophilus—. De hecho, tenemos ya dos medios, igualmente rápidos, igualmente drásticos.

—Está bien —dijo el Comandante—, ustedes ganan. ¿Qué quieren que hagamos?

Hemos ganado. ¿Qué es eso de hemos? Ahora sí, no hay duda de que alguna vez voy a tener que escribir mis memorias.

—Pero nada, Comandante, absolutamente nada. Salvo mantener al predicador encerrado en la nave, nada. Terminar de comer. Dar un paseo, si quieren. ¿Han visto las cinco lunas? Una de ellas alcanza a dar tres vueltas al mundo en una sola noche. Y después ir a dormir.

El vehículo de Theophilus los llevó hasta el río, y desde allí tuvieron que seguir a pie.

—No hay caminos del otro lado —dijo Theophilus.

Cruzaron el puente colgante: del otro lado sólo había una pradera cubierta de pasto verde y tierno. Encontraron flores, pájaros y tres manchas violetas. Los hombres se paraban sobre el violeta y pedían oro, toneles de cerveza, automóviles de carrera; después seguían caminando. Ni el Comandante ni Leo Sessler hicieron la prueba. Pero Savan sí, y pidió una pulsera de platino y brillantes para regalarle a Leda. Hubo un griterío: Savan tenía una pulsera de platino y brillantes en la mano.

—Ya ven, no es tan difícil —dijo el Señor de Vantedour—. Usted, ingeniero, cumplió las condiciones sin saberlo.

—Pero yo no hice nada.

—Claro que no.

—¿Cuáles son las condiciones?

—Ésa es nuestra ventaja, ingeniero. ¿Y para qué quiere saberlo? Tendría que quedarse a vivir en Salari II para conservar lo que obtuviera.

Savan miró con tristeza la pulsera de Leda.

Los hombres saltaban, abrían los brazos, pedían cosas en voz alta y murmurando, cantando, rezando, sentados, acostados sobre el violeta. Theophilus les dijo que era inútil y el Comandante ordenó que siguieran.

Consiguieron arrancarlos de las manchas violetas: los hombres no estaban contentos. Leo Sessler podía adivinar lo que sentían por Theophilus y por el Señor de Vantedour. (No se van a atrever: hace demasiado tiempo que viven en una disciplina demasiado estricta. Y de todas maneras saben que todo eso se desvanecería al salir de la atmósfera de Salari II. Pero ¿y si la pulsera de Leda no desaparecía?) La pulsera de Leda pasaba de mano en mano y era toqueteada, olida y mordida por todos. Uno de los tripulantes la frotaba contra su cara y otro se la colgó de una oreja.

—Es allí.

Ahora había árboles, y se acercaban a una cueva en la ladera de la colina. Tres mujeres viejas, gordas y pesadas salían a recibirlos.

—Son los matronas.

—¿Los qué?

—Tampoco son mujeres, quiero decir. Moritz los llamaba matronas: son algunas de sus madres.

—¿Y Moritz? ¿Dónde está Moritz?

—Moritz vive dentro de su madre, Comandante.
—Bienvenidos —dijeron las mujeres a coro.
—Gracias —contestó el Señor de Vantedour—. Queremos ver a Carita Dulce.

Leo Sessler compadeció al Comandante.

—Nooo —dijeron los matronas—. Duerme.
—¿Podemos verlo dormir?
—Usted estuvo antes aquí. ¿Por qué quiere molestarlo?
—No queremos molestarlo, se lo aseguro. Estaremos en silencio, vamos a mirarlo solamente.

Los matronas dudaban.

—Vengan —dijo una de ellos—, pero en puntas de pie.

Leo Sessler decidió que no, que jamás escribiría sus memorias: nunca podría describirse a sí mismo caminando en puntas de pie sobre una pradera de Salari II junto a otros hombres que también caminaban en puntas de pie, detrás de tres viejas gordas que eran tres hombres disfrazados, bajo dos soles, uno amarillo y uno anaranjado, hacia la entrada de una cueva en una ladera.

—En silencio, en silencio.

Pero la arena del piso de la cueva crujía bajo las suelas, y los matronas se inquietaban.

A la entrada de la caverna había dos matronas. Y dos más allá en el fondo, bajo una luz muy tenue, mecían un enorme huevo sostenido en los extremos por un aparejo que le permitía moverse y girar.

—Eso qué es —dijo el Comandante.
—Shhh.
—Eso es el Gran útero, la Madre —le susurró Theophilus.
—Shhh.

Leo Sessler lo tocó. El huevo era gris y fibroso. Tenía una ranura que corría horizontalmente, como si las dos mitades pudieran separarse. Podían separarse.

Los matronas sonreían y les señalaban al hombre dentro del huevo, el mentón contra las rodillas, los brazos alrededor de las piernas, sonriendo en sueños. El interior del huevo era húmedo, cálido y blando.

—¡Moritz! —dijo el Comandante casi en voz alta.

Los matronas alzaron los brazos, despavoridos. Carita Dulce se movió, sin despertarse y lloriqueó. Uno de los matronas señaló la salida: era una orden. Leo Sessler volvió a cambiar de opinión: escribiría sus memorias.

Esa noche fueron huéspedes de Theophilus: clavicordios en vez de torrentes.

—Hace unos meses era peor —dijo el Señor de Vantedour—: música china antigua.

La mesa era de cristal, con patas de ébano fileteadas en oro. En los mosaicos ocre y dorado del piso, ningún dibujo se repetía jamás. La Dama y el Unicornio los miraban desde los tapices. Los tripulantes se sentían incómodos, se reían mucho, se codeaban y se hacían chistes: tenían cuatro tenedores, cuatro cuchillos y tres copas alrededor del plato. Mucamos vestidos de blanco pasaban las fuentes y el mayordomo estaba de pie detrás de la silla de Theophilus. Leo Sessler se acordaba del hombre-feto encogido dentro del útero-cuna viscoso y cálido, y se preguntaba si el recuerdo lo dejaría comer. Pero cuando trajeron sobre una mesa rodante las esculturas de hielo y una de ellas empezó a incendiarse con una llama azul, descubrió que había comido de todo, esperaba que con los cubiertos correspondientes, y que comería también las frutas escarchadas y los helados cuando las esfinges y los cisnes se derritieran. El Comandante hablaba en voz baja con Theophilus. Saverius, Leo Sessler se había dado cuenta, no tenía idea de qué tenedor era el que había que usar con el pescado (él sí: era el único del que estaba completamente seguro) y no le importaba, ni a Theophilus tampoco. El Maestro Astrónomo anunció que les leería la *Introducción a su Memoria sobre la Constelación del Lecho de Afrodita*. Habían visto de lejos a La Peonía al entrar; Theophilus la había saludado pero no la había llamado para que se reuniera con ellos. Leo Sessler hubiera querido verlo de cerca y hablar con él. Eso sí, había rosas ocre moteadas en el centro de la mesa.

—Pero hay que ocuparse de ellos, por lo menos de Moritz.
—¿Por qué? —preguntó Theophilus.

—Está enfermo, eso no es normal.
—¿Usted es normal, Comandante?
—Me muevo dentro de la normalidad.
—Mírelo así —dijo el Señor de Vantedour—: un tratamiento psiquiátrico, porque efectivamente, podemos conseguirle un psiquiatra a Moritz, lo haría sufrir durante años, ¿para qué? Contando con el violeta, como contamos todos, empezaría, sano, curado, dado de alta, por pedir una madre, y eso iría cambiando o hipertrofiándose otra vez hasta convertirse en un útero-cuna. Eso es lo que él quiere. Así como Leval quiere oscilar entre el heroísmo y la humillación, y Kesterren quiere hundirse en una borrachera eterna, y Theophilus quiere Cimarosa o música china, helados dentro de estatuas de hielo, filósofos alemanes y tapices, y yo quiero un castillo del siglo XII. Cuando se tiene la posibilidad de conseguirlo todo, uno termina por ceder a sus demonios personales. Lo cual, no sé si se habrá dado cuenta, Comandante, es otra manera de describir la felicidad.
—¡La felicidad! ¿Estar encerrado chupando las paredes de la propia cárcel? ¿Pasar de las aclamaciones a un sótano donde lo azotan a uno y le ponen hierros al rojo en las ingles? ¿Vivir inconsciente en una borrachera continua?
—Y sí, Comandante, eso también puede ser la felicidad. ¿Cuál es la diferencia entre encerrarse en un útero artificial y sentarse a la orilla del río a pescar dorados? Aparte de que uno puede freír el dorado y comérselo, y de que el sol da un aspecto muy saludable. La satisfacción, el placer, quiero decir. Es tan legítimo un medio como otro: todo depende del individuo que busca la felicidad. Entre empleados de banco y funebreros, si usted me permite citar a Les-Van-Oos, es posible que el útero sea el espanto y la pesca del dorado lo deseable. ¿Pero en Salari II?

Ya no había esfinges ni cisnes. Leo Sessler cortó una naranja escarchada y la encontró rellena de guindas y las guindas a su vez estaban rellenas con la pulpa de la naranja.

—Lo mismo, Comandante, lo mismo —contestaba el Señor de Vantedour—. El útero, las borracheras, el látigo.

El Maestro Astrónomo carraspeó y se puso de pie.

—Van a oír algo muy interesante —dijo Theophilus.

Los mucamos pusieron tazas de cristal cortado para café, frente a cada uno. En los globos transparentes el vapor de agua comenzó a condensarse y a oscurecerse.

—*Introducción a la Memoria sobre la Constelación del Lecho de Afrodita* —dijo el Maestro Astrónomo.

Esa noche, en Vantedour, fue el castellano el que recorrió galerías y bajó escaleras hasta la habitación del doctor Leo Sessler. Llevaba a Bonifacio de Solomea en los brazos, y Tuk-o-Tut los seguía.

—Buenas noches, doctor Sessler. Me he tomado la libertad de venir a visitarlo.

Leo Sessler lo hizo pasar.

—Y de pedir que nos trajeran café y cognac.

—Me parece muy bien. Oiga, ya no voy a tener tiempo de ver los cafetales ni los viñedos.

—De eso quería hablarle.

—Quiero decir que nos vamos mañana.

—Sí.

Trajeron el café. Tuk-o-Tut cerró la puerta y se sentó en el corredor.

—¿Por qué no se queda, Sessler?

—No crea que no lo he pensado.

—Así yo me enteraría, por fin, si usted es el hombre que supongo.

—Pedir una casa austera —dijo Leo Sessler—, toda blanca por dentro y por fuera, paredes, techo chimenea. Con un hogar y un catre de campaña, un armario, una mesa y dos sillas, y ponerme a escribir mis memorias. Probablemente iría a pescar dorados una vez por semana.

—¿Qué se lo impide? ¿Le molesta no poder tener una mujer?

—Francamente, no. Nunca me acosté con un hombre, nunca tuve amores homosexuales, si se exceptúa una amistad fronteriza a los trece años, con un compañero de colegio, pero eso está dentro de la normalidad, como diría nuestro

Comandante. No voy a retroceder espantado, como Reidt el joven. Yo también creo que es imposible mantener para Salari II la moral sexual de la Tierra. ¿Se ha preguntado alguna vez qué es una moral, Vantedour?

—Claro, conjunto de reglas que deben seguirse para hacer el bien y evitar el mal. No creo haber oído nunca algo más idiota. Conozco un solo bien, doctor Sessler, no violentar a mi hermano. Y un solo mal: pensar demasiado en mí mismo, y he practicado los dos. Por eso lo que le hago es un ofrecimiento, pero si usted quiere irse, no voy a insistir.

—Sí, he decidido que quiero volver.

—Me gustaría saber por qué.

—No estoy muy seguro. Por oscuras razones viscerales, porque no caí en Salari II con una nave destrozada, porque no he tenido tiempo de crear aquí una Tierra alrededor mío y según mis demonios personales, porque siempre he vuelto y esta vez también quiero volver.

—¿Con quién vive en la Tierra?

—No, no es ésa la razón por la que le digo que no. Vivo solo.

—Muy bien, Sessler, lo despediremos con fanfarrias. Pero quiero advertirle algo. Toda la tripulación de la *Niní Paume Uno* va a olvidar lo que vio aquí.

—¿Era cierto entonces?

—En ese momento no. Ahora sí es cierto.

—¿Cómo se las van a arreglar?

—Cosas de Theophilus. Nadie se va a dar cuenta de que hay algo que se les mete en el cerebro. Media hora después de cerrar las escotillas de la nave, todos van a estar seguros de haber encontrado un mundo peligroso, devastado por las radiaciones que probablemente mataron a la dotación de la *Luz Dormida Tres*. El Comandante va a informar que no hay posibilidades de colonización, y va a recomendar un período de cien años hasta la próxima exploración.

—Lástima. Es un mundo amable. Pienso escribir mis memorias, ¿sabe Vantedour? Y lamentaré tener que describir Salari II como un mundo muerto y letal. En este momento no puedo imaginarlo, pero supongo que eso vendrá solo.

El Señor de Vantedour sonreía.

—Me asombra que me lo haya dicho —agregó Leo Sessler.

—¿Sí? Le voy a decir otra cosa. Nadie puede obtener nada del violeta si no se siente como lo que quiere obtener. ¿Se da cuenta? Por eso es imposible crear una mujer. Cuando la primera vez Theophilus deseó un cigarrillo tenía tantas ganas de fumar que se identificó, no con el fumador sino con el cigarrillo. Fue cigarrillo: se sintió tabaco, papel, humo, tocó las fibras. Fue cada fibra. Yo lo dije la otra noche, hablando de la afeitadora, la segunda experiencia si no contamos el otro cigarrillo, con el que pasó lo mismo, claro. Les dije que me había sentido, no como el hombre que se afeita, sino como la afeitadora. Pero lo perdieron en medio de todas las cosas que dije, que era lo que yo esperaba.

—Así que era tan simple.

—Sí. El ingeniero Savan debe estar muy deseoso de esa mujer. Por un momento se sintió alrededor de la muñeca de ella y deseó la pulsera. Por eso usted no obtuvo nada anteanoche. Pero si quiere probar ahora, podemos ir hasta el violeta.

—¿Usted sabía?

—Lo vi desde el balcón. Esperaba que lo ensayara, claro. Ahora puede conseguir lo que quiera, cualquier cosa.

—Gracias, pero creo que será mejor no probar. Y de todas maneras sólo me duraría una noche y resulta que mañana voy a haber olvidado.

—Es cierto —dijo el Señor de Vantedour y se levantó—. Lamentaré no leer sus memorias, doctor Sessler. Buenas noches.

Bonifacio de Solomea había quedado en la habitación, y Leo Sessler tuvo que abrirle la puerta. Tuk-o-Tut venía hacia ellos, y Bonifacio de Solomea saltó hacia los brazos que le tendía el negro.

En la escalerilla de la *Niní Paume Uno*, la dotación se volvió y saludó. Leo Sessler no hizo el ademán militar sino que agitó una mano. La población de Vantedour retrocedió al cerrarse las escotillas, cuando la nave empezó a jadear.

Amarrado a su asiento, Leo Sessler recorría Salari II con los ojos cerrados. Dentro de veinte minutos, diecinueve minutos cincuenta y ocho segundos, diecinueve minutos cincuenta y tres segundos lo olvidaría. Nadie hablaba. Reidt el joven tenía la cara hinchada, diecinueve minutos.

El Comandante le decía a alguien que se hiciera cargo. Leo Sessler jugaba con el cierre de la correa; el Comandante decía que se iba a sentar inmediatamente a escribir el borrador del informe sobre Salari II, tres minutos cuarenta y dos segundos.

—¿Va a hacer alguna recomendación especial, Comandante?

—Es claro. Si quiere que le diga francamente lo que pienso, creo que Salari II es una emergencia, atiéndame bien, una e-mer-gen-cia.

Leo Sessler galopaba sobre las praderas de Salari II y el aire le zumbaba en los oídos, dos minutos cincuenta y un segundos.

—Como tal, voy a recomendar una expedición de salvataje.

—¿A quién piensa salvar, Comandante?

—¿Se puede saber de dónde viene ese zumbido? —el Comandante sacó el micrófono de su soporte—. Verifiquen procedencia zumbido agregado —y lo volvió a colocar.

—Para regularizar la situación de los tripulantes de la *Luz Dormida Tres*

Dos segundos. Uno.

El zumbido dejó de oírse.

—, que deben haber muerto bajo las radiaciones.

Leo Sessler pensó apresuradamente en Salari II, el último pensamiento, y lo recordó verde y azul bajo los dos soles. El Desierto Puma, el potro, Vantedour, Theophilus, Vantedour, Bonifacio de Solomea, Kesterren, La Peonía, el puñetazo a la mandíbula de Reidt el joven, Vantedour, el Trono de la Victoria. Carita Dulce encerrado en el útero, las cinco lunas y el Señor de Vantedour ofreciéndole que se quedara en Salari II y advirtiéndole que lo olvidaría todo, pero él no olvidaba.

—Es lamentable —decía el Comandante—, lamentable que ni siquiera hayamos podido salir en busca de restos como evidencia para adjuntar al informe, pero esa radiación nos hubiera matado, aun con los trajes. Reidt el joven no se equivoca. ¿Quién era el físico de la *Luz Dormida Tres*?

—Jonás Leval, creo.

—Ah. Bueno, doctor, me voy a poner a redactar el borrador de ese informe. Hasta luego.

—Hasta luego, Comandante.

No he olvidado, no olvido.

Lamentaré no leer sus memorias, doctor Sessler, había dicho el Señor de Vantedour.

—Lamentaré no leer las memorias del doctor Sessler —dijo el Señor de Vantedour.

—¿Usted cree que Sessler es de fiar? —preguntó Theophilus.

—Ajá. Y si no lo fuera, imagínese el cuadro.

—Catorce hombres hablando de un mundo radiactivo, y él describiendo castillos medievales y úteros gigantescos.

—¿Por qué lo condenó a no olvidar, Vantedour?

—¿Usted cree que fue una condena?

En la *Niní Paume Uno* el Comandante escribía, Savan tomaba café, Reidt el joven se frotaba la mejilla:

—Me habré golpeado al despegar.

Leo Sessler estaba sentado frente a una taza de café que no había tocado.

—Deben estar lamentando que las rutas hayan quedado cerradas por este lado para la colonización —dijo Theophilus.

—Lástima —dijo el ingeniero Savan—. Con esto quedan cerradas por este sector las rutas para la colonización durante mucho tiempo.

Kesterren cantaba abrazado a un árbol, Carita Dulce pasaba la lengua por las paredes húmedas de la cuna-útero, Lesvanoos bajaba la escalera hacia los sótanos, el Señor de Vantedour decía:

—Y quejándose de la porquería de café que están tomando.

—Este café es un asco —dijo el oficial de navegación—. Nunca se puede conseguir buen café en una nave de exploración. Los cruceros de lujo, ésos llevan buen café.

Theophilus se rió:

—Y deseando poder tomar el café que sirven en los cruceros de gran turismo.

Leo Sessler no había probado el suyo.

—"Y allá se fueron" —dijo— "al ruido de élitros de la tierra, los grandes Itinerantes del sueño y de la acción; los Interlocutores ávidos de lejanías y los Denunciantes de abismos mugientes, grandes Interpeladores de albures en los confines" —pero nadie alcanzó a oírlo.

Semejante día

La muerte sobrevino en las primeras horas de la mañana y fue cuestión de minutos. Si bien es cierto que allí en las profundidades en las que se gestan esas cosas, el tiempo es una materia muy discutible, para los observadores externos emocionalmente comprometidos en el caso, resultaba muy útil poder enfrentar la rapidez de esa agonía (del griego, "arte de la lucha") contra su propia muerte escondida en la del otro.

El ronquido que había durado toda la noche no había sido más que la manifestación audible, muy audible e inconfesablemente molesta, de la vibración de los tejidos deshechos y desorientados que ya no llenan su función. Cuando terminó abruptamente, la boca del moribundo se cerró y la respiración volvió a un ritmo casi normal. Alguien se precipitó a tomarle el pulso, sin necesidad alguna, ya que un latido en el cuello era más elocuente que cualquier investigación minuciosa o no. Muy en el fondo, todavía se luchaba; pero el más poderoso enemigo de la vida, el más silencioso aliado de la muerte, es el caos (en realidad no hace falta que se desate una nueva guerra o que simplemente amenace con desencadenarse, para volver a preguntarse honestamente, teniendo bien en cuenta el significado de las palabras, con asombro, cómo ha hecho la humanidad para sobrevivir): las células también cometen errores, también están dotadas de un aliento metaquímico; también son capaces de arrepentimientos y de heroísmos. Es decir que se luchaba sin esperanzas. Los labios del hombre en la cama se separaron apenas y dejaron ver el filo de los dientes, la cara brilló con el sudor, frío al principio y espeso después, el aire entró y volvió a salir, recorrió los canales acostumbrados, la sangre se abrió paso, trabajosamente venciendo esclusas y válvulas, las manos se movieron sobre las mantas, y lo poco que quedaba del lado de los defensores, intentó levantar una última barrera de orden y organización. Afuera amanecía. El barrendero recogía un gato muerto junto al cordón de la vereda, un gato negro con un cuajarón de sangre roja en el hocico. El agua caía desde un balcón en el que se regaban malvones; cajas de cartón descalabradas, papeles y hojas podridas de lechuga fueron a dar sobre el gato tieso y un camión aminoró la marcha y desde la caja alguien tiró dos paquetes de diarios sobre la vereda, casi en la esquina. Sonó algo que podría ser un tiro o el reventón de la goma de un auto; una campana y un grito de los del camión al canillita. Del hocico del gato dentro del carro del barrendero, se desprendió el coágulo rojo y dejó ver la mandíbula rota y la lengua torcida. El canillita le gritó: ¡Cabrón! al que le había tirado los paquetes de diarios y el otro se sacó el pucho de la boca para contestar riéndose algo que ya no se oyó. El gato tenía los ojos abiertos. La mujer que regaba los malvones estornudó. Pero el aire no volvió a entrar y la última válvula resistió. Las manos se movieron otra vez, el pecho se alzó, palpitó el cordón vivo en el cuello, la boca se cerró y los párpados se levantaron y por la ranura los ojos del muerto miraron al mundo sin demasiado interés.

Estuvo dormido con un sueño pesado y sin sueños, él, que solía decir que el más mínimo crujido de la casa lo despertaba y que las cosas que soñaba podrían llenar una antología del delirio. Se despertó al fin, se estiró bajo las cobijas, y aunque todavía estaba amodorrado, se sentó en la cama y miró hacia el ventanal. El sol pasaba entre las persianas. Separó las mantas, se puso de pie sobre la alfombra, se sacó el saco del piyama y buscó la ropa en la silla. Como no la encontró, abrió el cajón de la cómoda y sacó un calzoncillo, medias, una camisa, pañuelos. Miró la camisa, la volvió a poner en el cajón y sacó otra, con un cuello de puntas más cortas y más separadas. Zapatos marrones, un cinturón. Las medias también eran de color marrón oscuro. Fue hasta el placard y eligió un traje deportivo, con bolsillos aplicados, serio, es cierto, pero como para una mañana de sol. Linda época, el otoño. A su edad apreciaba más esas estaciones ambiguas que los extremos del invierno o del verano con sus roles inflexibles. Pasó al baño donde se lavó los dientes, se dio una ducha y se afeitó. Envuelto en una bata de lana suave, volvió al dormitorio y allí se vistió. El asunto de la corbata lo tuvo indeciso un momento, pero sólo un momento: alargó la mano y sacó cualquiera. Resultó ser una que no era muy de su gusto, pero y qué. No le quedaba nada mal y hacía bastante que no la usaba. Guardó la bata, cerró el placard y la cómoda, y salió del dormitorio. Los espejos del baño estaban velados por el vapor. Bajó la escalera. Oyó voces detrás de la puerta entornada del comedor: desayuno en familia. ¿Habría puesto todo en los bolsillos? Billetera, pañuelo, documentos, lapicera, encendedor, se le habían terminado los cigarrillos, anteojos, chequera; en los del pantalón el otro pañuelo y las llaves. La casa estaba un poco fría y había olor a cerrado. En la pared frente a la escalera, sobre la chimenea, el falso Fragonard seguía en pos de su prestigio luchando por mantener un aire disoluto. No fue hacia el comedor: caminó hasta la puerta de entrada, la abrió y salió a la calle.

Era comprobar que el otoño es una estación amable, en sus comienzos por lo menos y como compensación. Esta situación no podía durar, se dijo. No se refería, claro está, al otoño, que duraría su ciclo acostumbrado, ese cuarto de movimiento alejándose del sol, ese pequeño desplazamiento con el que cuenta el orden universal, sino que se repetía una de las frases del discurso que tenía preparado para la reunión de la mesa directiva del Partido. Y la verdad era que el otoño, y ese viento frío y el sol entre los árboles ya un poco adustos y todo eso del orden universal, también podría servir para el discurso. Todo sirve en política, todo: idea reconfortante. Más aún: todo está teñido de política, todo es política. Buen concepto para el cuerpo central del discurso, incontrovertible, de esos que no admiten réplica y del cual se puede derivar la conclusión básica, debemos estar preparados etcétera, párrafos que ya había madurado hasta la perfección.

Había caminado tres cuadras y estaba en el rond-point de la Avenida Gall. No está mal eludir por un día el desayuno en familia, pero necesitaba comer algo y si tomaba la avenida hacia la plaza Mariscal Trevenay no iba a encontrar ningún lugar donde tomar un buen café, un jugo natural de naranjas, sin azúcar, y tostadas. Recorrió un cuarto de la circunferencia, su propio otoño como quien diría, y tomó por la calle del Centenario, siempre por la vereda del sol.

En la casa sucedieron dos cosas (tres si se tiene en cuenta la violenta discusión en la cocina desencadenada por una tetera rota y acallada a la aparición de Sabina con alusiones al respeto por el duelo): una, encima de la chimenea el marquesito asexuado del casi Fragonard, cansado de la carne, de las rosas y de los columpios, relató una historia en la que dos hombres se pelean por una mujer junto a una hamaca en una mañana de invierno, en la que el drama y la sangre deshacen las escenas presuntivamente fijadas para siempre; y dos, Gaspar, atentamente vigilado desde no muy lejos por su segunda mujer, Agustina (Agustina Brígida Lasala De Los Santos, nieta de dos generales, una duquesa y una cortesana, hija de Carolina De Los Santos y quizá de su marido el juez Agustín Lasala), quien esperaba que las ojeras, los ojos enrojecidos, las manos temblorosas y la voz ronca pasaran por signos de dolor filial, estrechó la mano del doctor Piñero y le dijo no muy claramente que en nombre de su señora madre y de la familia toda, era un honor para él manifestarle que aceptaban que los restos de su padre fueran velados en la sede del Partido al cual había dedicado su vida, sus afanes, sus, y aquí le falló la voz y soltó la mano del doctor Piñero y Agustina asintió porque todo había sido muy convincente. Pero en la calle del Centenario un gato apareció en su camino, literalmente apareció, como hacen todos los gatos, y lo miró desafiante. El hombre del traje deportivo, serio pero deportivo, apropiado para una mañana de otoño con sol, se detuvo a considerarlo: "*Cats, they are wild in the heart of the city, but they are tame and frightened in the heart of the woods, they don't fit anywhere anymore"*, alguien había dicho eso y cuán cierto era, cuán cierto. Los gatos por ejemplo (faraones: nada se puede esperar ya de ellos como no sea leyendas y un infundio para el terror), no sonríen. Siguió caminando, cruzó la cortada Mar Austral y unos pasos más allá se paró frente a un kiosco a comprar cigarrillos. Puede reflexionarse ahora que las viejas señoras agrisadas que sufren probablemente de várices, sentadas en la celda de los kioscos, pocas veces saben a quién le están vendiendo cigarrillos. Recibió el vuelto y dijo gracias y la vieja señora volvió a sentarse en el banquito coronado por un almohadón, con un suspiro: tenía dos grandes preocupaciones en su vida, la humedad y su nuera, y ninguna de las dos le había dado últimamente un disgusto grande: se sentía irritada, expectante y defraudada. Guardó el dinero en el cajón y volvió a suspirar.

Media cuadra más allá se encontró frente a las puertas discretas del Rhodas. Entró y se sentó ante una mesa a medio camino entre las puertas y el bar, junto a la pared de madera oscura. El mantel estaba almidonado, la azucarera era de plata maciza y el cenicero de cristal cortado: había estado aquí un par de años atrás con Piñero, no, con Piñero no, con González Reynoso antes que lo pasaran a retiro así que tenía que haber sido bastante más de dos años atrás, a ver, en la última revolución González Reynoso ya estaba retirado, qué habría sido de González Reynoso, ¿o no?, no, si tenía mando de tropa y después qué, a ver, o eso fue en la anterior, claro.

—Un café doble bien cargado, naranja natural exprimida sin colar y sin azúcar, y tostadas sin manteca.

En la calle del Centenario frente al Rhodas, el gato negro trepó a las ramas de un tilo y se acurrucó en una horqueta. Clavó las garras en la corteza y miró hacia abajo.

—Gaspar —dijo Agustina.

—Está bien —contestó él, y dejó el vaso vacío sobre la mesa—. Está bien.

El marquesito había detallado con cierta delectación de no muy buen gusto, la sangre espesa chorreando sobre las botas de la muchacha que gritaba.

—Nadie volvió a darles cuerda a los pájaros mecánicos nunca —dijo—. Nadie, salvo el coleccionista francés.
—¿Crema o mermelada tampoco, señor?
—Tampoco, gracias.
—Voy a hacerle compañía a tu madre —dijo Agustina.

Y lo dejó solo. Si se hubiera quedado, él se hubiera servido otra copa: después de la primera capitulación inevitable y acostumbrada, la hubiera desafiado sabiendo que ella no volvería a nombrarlo; pero lo había dejado solo.

El vaso quedó sobre la mesa y la mujer que había regado los malvones en el balcón del séptimo piso abrió el diario en la penúltima página, buscó el Horóscopo y deslizó el dedo índice hasta encontrar Géminis: Cautela en sus decisiones financieras, busque el consejo de los amigos en quienes siempre haya confiado, no se apoye en los que hace poco tiempo han irrumpido en su vida. Salud: estable. En la esfera de los sentimientos, encuentro inesperado; de usted depende la evolución favorable de esa relación.

El Rhodas tenía un aire también otoñal, silencioso y casi solitario. En el club le hubieran dicho buenos días doctor, alguien se le hubiera acercado, no hubiera alcanzado a ser un desayuno perfecto como prometía ser éste si el café estaba bien cargado, el jugo de naranjas a su gusto, y las tostadas secas y crujientes. Aquí dos hombres hablaban en una mesa frente a tazas de café ya vacías y una mujer con anteojos marcaba algo en una agenda con una lapicera de oro. Y él y nadie más: tomaría el desayuno y se iría al estudio caminando.

Sabina pasó por el vestíbulo del piso bajo casi en puntas de pie, tratando de que los tacos no resonaran sobre las baldosas blancas y negras, subió la escalera (cabe preguntarse si Fragonard hubiera pintado realmente ese cuadro, cuál hubiera sido la historia contada por el marquesito) y fue hasta el dormitorio de su padre. No se atrevió a cerrarle del todo los ojos entreabiertos, no lloró, no rezó, no hizo nada, salvo cerrar la puerta que daba al baño. Se quedó allí nada más que un momento muy corto y volvió a salir. Parada frente a la puerta del dormitorio, miró el corredor alfombrado y las otras puertas con la misma compostura que había guardado en la habitación en la que yacía el muerto. Abajo, sonó el teléfono.

La mujer cerró la agenda, la guardó en la cartera junto con la lapicera de oro, se levantó y se fue. La puerta se cerró detrás de ella y volvió a abrirse un segundo después. Desde la horqueta del tilo el gato vio al hombre que entraba al Rhodas y una nostalgia de selvas perdidas para siempre le causó un dolor que le hizo arañar la corteza oscura. El café, por otra parte, estaba cargado, amargo y fuerte; el jugo de naranjas conservaba algunas vesículas que reventaba con los dientes, y pedacitos de la piel transparente de la fruta. El recién llegado tropezó con una de las patas de su silla.

—Perdón.

Hizo un gesto amable con la mano:

—No es nada —y sonrió.

El otro se sentó a la mesa contigua, y cuando el mozo se le acercó pidió un café doble. Tenía una voz bronca, la voz que los novelones de la infancia adjudican al viejo lobo de mar, la voz que uno espera de un hombre de mando: González Reynoso tendría que haber tenido una voz como ésa para leer proclamas y arrastrar tropas y multitudes, pero González Reynoso era un imbécil sin carácter y sin sesos y era una suerte que lo hubieran pasado a retiro porque de otra manera hubiera sido quizá difícil desprenderse de él. Había sido útil en su momento, eso había que reconocerlo, pero desprevenidamente útil. El otro hombre no había probado el café que el mozo había tenido que dejar un poco desplazado y no prolijamente frente a él: pasaba las hojas de una carpeta gruesa, se detenía en alguna, buscaba otra, y seguía así con una lectura desordenada y un poco errática: parecía más que nada una constatación, una relectura, un repaso, como cuando él mismo revisaba las notas de sus discursos. Sería tal vez, es decir, ¿lo conocería? Era difícil que olvidara una cara, por lo menos una cara importante o que, él tenía un don para adivinar esas cosas, podía llegar a ser importante. Y las tostadas eran casi tan buenas como en el club.

—Creo que nos hemos visto antes y me molesta no poder recordar dónde.

—Difícil —dijo el otro—. Viajo mucho.

—Ah. Perdón. Yo no he viajado tanto como hubiera querido. Pero pensé que en el ejercicio de mi profesión, soy abogado, podríamos habernos conocido.

—No creo —dijo el hombre de la otra mesa—. Yo soy capitán.

Y se acordó del café. Apartó un poco la carpeta, sin cerrarla, y tomó dos tragos largos. Después dijo:

—¿Puedo hacerle una pregunta?

—Con mucho gusto.

—¿Cree usted, como abogado, que hay un derecho más allá del derecho?

—Ah, caramba. Pero claro, evidentemente. Quiero decir lo siguiente.

El hombre de la otra mesa cerró la carpeta, la tomó con la mano izquierda, alzó el plato y la taza con la derecha, se trasladó con todo eso, y se sentó frente a él.

—Que lo que nosotros y todos en general, lo que nosotros entendemos por derecho, es una creación artificial, si usted me permite llamarlo así, del espíritu humano, de la sociedad; una estructura, una base, cuya misión es la de salvaguardar el bienestar personal y el bienestar colectivo, el orden, la dignidad, el progreso y el destino del hombre. Ahora bien, tenga usted en cuenta que cuando he dicho artificial, no he querido de ninguna manera significar falso. De ninguna manera. Lo que he querido decir es que el vasto edificio del derecho es algo cons-tru-i-do por el hombre, construido sí, pero sobre los cimientos de eso que usted ha llamado el derecho más allá del derecho, y que es, en definitiva, la poderosa fuerza moral que lleva a un alma, aun a la menos cultivada y, o, aislada de sus semejantes, a distinguir entre el bien y el mal, no sé si me explico.

—Comprendo perfectamente —dijo el Capitán—. Es usted muy elocuente.

—Debo serlo, mi estimado señor —sonrió—. Es mi oficio.

Y el Capitán se tomó el resto del café y bajó los ojos y los clavó en la carpeta que había puesto sobre la mesa.

—Me gustaría poder ser tan claro y tan preciso como usted —dijo—. Pero me temo que he llegado, con el tiempo, a aprender a ser exactamente lo contrario. Por ejemplo, le confieso que, como sucede muchas veces cuando uno hace una pregunta de este tipo, yo ya había llegado a mi propia conclusión con respecto a cuál debería ser la respuesta, pero que jamás podría exponerla como no fuera bajo la forma velada de un apólogo.

—Interesante, muy interesante. Me gustaría oírlo, si es que dispone de tiempo.

—Todo el que hay —dijo el Capitán—. Pero antes dígame, ¿ha comido alguna vez embriones de solomántides?

—Embriones de.

—Solomántides.

—No —hizo una pausa—. Si los hubiera comido me acordaría, evidentemente. Y no creo que sea algo que uno puede pedir por aquí en cualquier restaurante. Claro, un hombre que ha recorrido mundo, como usted.

—Sí. Pero es una lástima que no los haya comido.

—¿Alguno de esos platos orientales, complicados, que sólo conocen los exquisitos?

—Nada de eso. No, no podría decirle que es una comida exquisita. Al contrario.

El gato negro acurrucado en las ramas del tilo no se parecía a aquel otro, no tenía aquel aire de suficiencia imperial, aquella satisfacción indiferente con la que solamente los dioses pueden contemplar al hombre; pero era altanero, un campeón a la vez brutal y sujeto a un protocolo estricto y antiguo, dispuesto a hacer respetar a la fuerza el código al cual respondía, y el hombre ligeramente calvo, bajo y de anteojos negros que pasaba frente al Rhodas lo miró con simpatía. Recorrió algunos pasos, se dio vuelta para volver a mirarlo, y siguió caminando por la calle del Centenario hacia el Parque del Museo. El gato, que lo había reconocido, dudó un momento.

Adentro, el Capitán decía:

—En cambio, mi fuerte no son precisamente las palabras sino la acción. Las palabras hasta me parecen peligrosas. Pero la acción. Mire, si yo por ejemplo, mato a un hombre.

El interlocutor del Capitán sonrió bondadosamente.

—, ahí me tiene usted con una acción irreversible e innegable entre las manos. Y no hay nada que la pueda cambiar, salvo las palabras.

—Sí, pero veamos. Si usted se ha visto atacado por un asesino, y se ha defendido y en la lucha ha matado a ese hombre.

—Eso era lo que quería decirle. Las palabras pueden rodear una acción, envolverla, transformarla. La cuestión es si aparentemente o no. Pero yo he matado a un hombre.

Y el Capitán se inclinó hacia el otro por sobre la mesa:

—Tengo aquí un texto —dijo.

—¿Un texto de derecho?

—Sí, también es un texto de derecho. He pasado años leyéndolo y releyéndolo, pero no he podido aprenderlo de memoria porque es intercambiable. Eso significa que mis acciones, durante todo este último largo tiempo, se han ejercido sobre las palabras. De modo que si usted quiere, le voy a contar el apólogo, la parábola, que figura también aquí —señaló la carpeta.

—Así que usted es el autor del texto.

—Ah no, de ninguna manera.

El hombre del sobrio traje deportivo estaba fascinado, y ahora ya su curiosidad había borrado los recuerdos y las intenciones de esa mañana.

—Qué le parece —dijo— si pedimos más café antes de empezar esa parábola.

El otro asintió. El mozo se acercó a la mesa. En los columpios, las mujeres sonrieron no porque estuvieran alegres sino porque ellas sabían que despreciaban a sus compañeros de juego. El gato negro bajó cautelosamente del árbol, deslizándose hacia atrás en espiral sobre el tronco, mientras el hombre un poco calvo se alejaba hacia el Parque del Museo y mientras, aunque no en ese momento, diecisiete combatientes rubios, desnudos los torsos, se acercaban bajo el sol, listos los escudos de cuero y metal trabajado, las lanzas, a la fortaleza que desde lejos parecía imponente y prometedora.

—Hace muchísimos siglos —dijo el Capitán—, todo estaba perfectamente ordenado y codificado en el mundo. Cada hombre tenía y conocía su misión, que debía cumplir en el lugar indicado, cosa que nadie dejaba de hacer. Los encargados de pintar figuras de mujeres, por ejemplo, se reunían en un alegre patio rodeado de columnas blancas y gráciles, entre fuentes y árboles, y allí llenaban su cometido, en un verano eterno. Los que tenían que fabricar relojes acudían a una torre de muchos pisos en la cual cada uno tenía su lugar, y con martillos muy pequeños y pinzas muy finas, moldeaban ruedas y ejes y agujas y espirales. Los organizadores de las guerras se encontraban en un palacio austero en los suburbios de una ciudad balnearia, y decidían todos los pasos de cada una de las batallas de todas las guerras a librarse. Los señores de los juegos de azar se deslizaban de noche por unas callecitas tortuosas, golpeaban a una puerta verde, daban la contraseña y eran admitidos a un salón exagonal en el cual se debatían y se establecían los juegos a jugarse y cómo se desarrollarían y quiénes serían los ganadores y los perdedores. Los aritméticos eran tantos que no cabían en un solo recinto y ocupaban toda una ciudad alrededor del nombre de la cual se creó después una historia y una escuela, y en las calles y en las plazas demostraban cuáles, cómo y por qué serían los números arque, los números proto, los números ultra, los números trans, los números des, y así sucesivamente, y sus propiedades. Los que se ocupaban del canto coral tenían su sede en un pabellón descubierto, al borde de un mar; los que organizaban la mendicidad, bajo una columnata semicircular cuya huella ha quedado en la memoria de los hombres; los que manejaban la muerte, en un valle largo y angosto donde el sol salía y se ponía súbitamente debido a la altura de las montañas que lo separaban del paisaje; los que codificaban las siembras; los entendidos en el fundido del vidrio; los que dirigían la moda; los que diseñaban los caminos, desde senderos hasta autopistas; los que supervisaban la producción y el empleo de la sal; los instauradores de herejías; todos, todos tenían conciencia de la importancia de su misión y la cumplían metódicamente en el lugar debido y no en otro. Cualquiera puede imaginarse con qué dulzura, con qué exactitud, con qué serenidad marchaba el mundo. Pero sucedió que había un grupo de hombres asignados a la concepción, la expresión y la redacción de las leyes. Estos hombres eran todos, por supuesto, criminales de la peor especie: todo aquel que probara haber cometido un delito que estuviera más allá del entendimiento humano, podía ingresar en el grupo de los hacedores de leyes. Eran, junto con los hacedores y compiladores de los lenguajes, los únicos seres que no estaban predestinados desde el nacimiento a su tarea, sino que se iban incorporando a ella a medida que probaban sus méritos. Y ocurrió que al grupo de los hacedores de leyes se sumó una mañana un extraño del que se decían muchas cosas y al que se acogió con alborozo. Tanto, que se le confiaron los manuscritos de todas las leyes pasadas, presentes y futuras. Sólo que ese hombre extraño no era lo que parecía ser, a su pesar quizás, eso no lo sé, y un día cometió un acto que demostró que su inclusión en el cónclave había sido un error. Y en un mundo perfecto, un error, por mínimo que sea, es fatal. De allí en adelante, ya nadie supo qué hacer: los relojeros se mezclaron con los ladrones, los pintores de techos con los navegantes ciegos, los artistas con los dueños de burdeles, los atletas con los químicos, los plomeros con los astrónomos, los sastres con los poetas, y fue el caos y el desorden y la confusión. Y ni siquiera se pudo recurrir, para restablecer el orden, a las leyes promulgadas o por promulgarse, porque el intruso se las había llevado, la mañana que lo expulsaron, ocultas en un bolsillo de su chaqueta.

—Pero eso es extraordinario, muy muy extraordinario.

—Sí, ¿verdad?

—Es una maravillosa cosmogonía, social y poética a la vez. Debo felicitarlo.

Y el Capitán y el otro hombre se estrecharon las manos por sobre el blanco mantel almidonado que cubría la mesa del Rhodas.

Agustina y Gaspar nunca habían tenido hijos, lo cual, según cómo se lo mire, puede interpretarse como una suerte o una desgracia. Ahora había mucha más gente en la casa, pero todos eran de la familia o amigos muy íntimos. Se tiró la tetera rota a la basura, y una mucama, no la presunta culpable, sirvió café en la sala y después pasó a la biblioteca.

—Te lo agradezco —dijo Gaspar—, pero no creo que mamá esté en este momento en condiciones de recibir a nadie. Habló con Agustina.

Pero en el Parque del Museo todo era silencio: el lugar era demasiado oscuro, demasiado frío y húmedo, y los bancos de piedra estaban siempre desiertos, aun en verano. El Museo funcionaba todos los días menos lunes y jueves, de doce a diecinueve horas.

Las puertas del Rhodas volvieron a cerrarse y en la calle los dos hombres se despidieron.

—Véame en mi estudio —sacó una tarjeta de la billetera—, aquí tiene mi nombre y la dirección, cualquier día hábil después de las siete de la tarde. A esa hora ya no atiendo a nadie, pero hágase anunciar porque tengo muchísimo interés en seguir conversando con usted.

—Gracias —dijo el Capitán y guardó la tarjeta.

—Hasta pronto. No deje de venir a verme.

La mujer que había regado los malvones en el balcón del séptimo piso hablaba por teléfono, y el barrendero esperaba el camión recolector sentado en el cordón de la vereda en una calle lateral. El canillita se acordaba en ese momento mismo del Fideo Fino, el loco aquel que le había dado ese susto la vez de la batida y con el que después habían terminado amigos pero amigos y él se había hasta peleado con el hermano, el hermano de él y no del Fideo Fino que vaya a saber si tenía y ni dónde vivía y con quién porque él, el hermano, le había dicho pero cómo podés ser amigo de un loco quiere decir que vos sos loco también entonces. Sabina se dejaba besar dócilmente y a los que le preguntaban por Juan Gervasio les contestaba que ya le habían avisado y que lo esperaban de un momento a otro.

La cocinera dijo:

—No te digo que no, la Mirta era una roñosa pero lo que vos mijita mejor te mirás antes de hablar.

Y la mujer en el teléfono:

—Quién sabe. A mí no me importan que demoren siempre que me hagan bien el trabajo, yo, yo soy muy exigente.

El mozo del Rhodas bostezó y el gato miró desde lejos al hombre calvo sentado en un banco de piedra bajo los pinos oscuros. Todos los árboles parecían brillantemente negros, todos, y celosos, dispuestos a defenderse del invierno; el sol no llegaba nunca al suelo.

Siguiendo por la calle del Centenario, a las tres cuadras tendría que doblar a la derecha, en la calle Virgilio Cúneo, pero al llegar a la esquina no dobló. Era o no era ése un día especial, vamos a ver: era. Primero, el sentirse tan bien, tan satisfecho y tranquilo después de tanto tiempo. Segundo, esa soledad, esa libertad que por lo visto venía necesitando, sin gentes, buenas gentes pero fastidiosas, que se preocuparan por él y lo siguieran por todas partes con pastillitas y consejos. Tercero, la lucidez excepcional, la memoria, la claridad con la que se componían y se ensamblaban en su mente todos los elementos de ese discurso crucial para el que cada detalle del mundo parecía hoy ser útil, colaborar, y que tendría que ser por fuerza, iba a ser, una pieza oratoria memorable. Cuarto, ese encuentro inaudito pero tan alentador: existen cosas y personas que uno no sospecha y que sin embargo están ahí, al alcance de la mano; basta que uno haga un gesto desusado y surgen, tan naturalmente, además. De modo que no dobló y siguió caminando por la calle del Centenario: no lo haría por mucho tiempo, una o dos cuadras, cuestión de saborear las pequeñas, digamos maravillas, claves. Una o dos cuadras, no más.

Sin embargo cuando llegó al Parque del Museo (en el instante en el que la mujer del séptimo piso terminaba de calzarse un par de guantes viejos, de algodón, para poder ponerse las medias sin peligro de que se le engancharan) pensó que lo que le pasaba era que estaba buscando pretextos para no ir al estudio. Innegablemente todo era real, pero él lo estaba utilizando para convencerse. Y más todavía: que no quería ir y que no iría al estudio. Pensó en el gran escritorio en el que la moquette ahogaba los pasos, las toses y las voces agrias; en la señorita Márquez con los aros que se balanceaban y que habían tirado hacia abajo durante tantos años que habían terminado por hacer una lengua anémica hendida de cada uno de los lóbulos de sus orejas, y en las dos empleaditas de las que ni siquiera sabía los nombres; en Quintana, en Alexander y en Moledo; en Roca siempre con esa expresión luctuosa y peor ahora que la mujer. No iría. El sol calentaba bastante, y en vez de seguir por la vereda tomó uno de los caminos alguna vez cubiertos de granza y que ahora eran duros, cóncavos y rojizos, en cuyos bordes crecía el musgo y se extendía el césped de los canteros. Más allá, escondido entre los árboles, estaba el edificio de piedra blanca del Museo. A su izquierda había una estatua: sobre un pedestal cúbico, el bulto de un hombre enorme, poderoso, de rasgos mongoloides, parado sobre las piernas un poco separadas, descalzo, con sólo un pantalón a media pantorrilla, hinchados los pectorales como con orgullo, la mano derecha cayendo a un costado y la izquierda sosteniendo un remo desmesurado que se apoyaba en el suelo. Había una placa de mármol en el pedestal; con algo grabado en un dorado-negro, pero no subió al cantero para aproximarse a leerla: probablemente el monumento al pescador, o la colectividad japonesa o algo así como homenaje a los primeros pobladores de la costa, vaya a saber.

Hacía cinco minutos, no más de cinco minutos, que Juan Gervasio había salido cuando llegó el mensajero con el segundo telegrama. Después de tocar el timbre varias veces, cada vez durante más tiempo y apoyando el dedo con mayor fuerza sobre el botón, desprendió una hoja del formulario, anotó la hora y el nombre del destinatario, deslizó el papel por debajo de la puerta y fue a llamar el ascensor: se prendió una lucecita roja, el muchacho se apoyó en la pared, puso el telegrama en el bolsillo y entró a silbar el estribillo de "El adiós del marinero" mientras esperaba que el ascensor subiera.

Se debía estar muy bien allí, bajo los árboles, en el fresco y la penumbra, a juzgar por la actitud serena del hombre sentado en el banco de piedra. Algo se movió al pie del árbol, a su derecha, mucho más allá de la estatua del hombre con el remo: se detuvo y miró. El gato negro salió de su escondite, se estiró, bajó al sendero y se dirigió hacia él, y le rozó la pierna con el flanco. El hombre del banco había visto el encuentro y les sonrió:

—Extraños seres, los gatos.

—Qué curioso, justamente hoy, al cruzarme con un gato en la calle del Centenario, viniendo hacia aquí, recordé una frase de Finney acerca de que los gatos no pertenecen ya a ningún tiempo, a ningún lugar.

—Cierto —dijo el hombre casi calvo de los anteojos negros—. Vea, a mí siempre me ha hecho la impresión de que un gato en nuestro mundo es algo tan monstruoso, tan ridículo y tan terrible como, no sé, un fantasma en una fábrica de embutidos o Sir Galahad frente a la ventanilla de un banco.

—Tarquino el Antiguo en el té semanal de una asociación literaria femenina.

—Eso es. Una diáspora imperial los ha sembrado entre nosotros y ahí los tiene: no se parecen a nadie ni a nada. Los imbéciles los comparan untuosamente con el tigre o la pantera, y peyorativamente con las mujeres; y los pocos que los comprendemos, los pocos que también para respetar su sueño cortaríamos la manga enjoyada de nuestras túnicas si las vistiéramos, solemos abrir las compuertas de una estima que no tiene nada de devoción, y ahí comprendemos que en cuanto a emociones no somos más que comerciantes. Y bastante poco hábiles, siempre al borde de la bancarrota.

—¿Usted es zoólogo?

—No. Médico.

El hombre del traje deportivo y el gato negro se sentaron en el banco de piedra.

—Yo soy abogado —dijo el hombre—. Tendría que estar en mi estudio, a esta hora.

El médico se rió:

—Yo estoy de vacaciones. A las doce abren el Museo y voy a ir a ver un par de cosas que me interesan.

—Qué buena idea. No he ido nunca al Museo, parece mentira, toda una vida pasada en la ciudad y nunca, por una cosa o por otra, nunca he podido dedicarle un día —miró al gato negro—. ¿Lo dejarían entrar al Museo si él quisiera?

—No creo que tenga interés —dijo el médico—, pero si quisiera, quién se lo iba a impedir. Pariente lejano de Azucena de las Nieves y de Bonifacio de Solomea, tal vez su nombre sea Ranordinguefol, o Melafontén, o Surdinamail, o Pol-Pol-Poloa, mientras que un ordenanza, un director de museo pueden llamarse cuando más Francisco o Leónidas o hasta Maximiliano.

—Pero qué importancia tiene el nombre que lleva un hombre. O un gato. Los nombres no tienen importancia.

—Al contrario, al contrario, no hay nada más importante que los nombres; si no fuera por los nombres no existiría el lenguaje, uno concibe un lenguaje sin verbos, sin pronombres, sin adjetivos de ninguna clase, pero no sin nombres; no existirían la cultura, la civilización, el hombre, el mundo, el universo, nada.

—Parece que es usted el último y el más virulento de los platónicos.

—Pobre viejo Platón —el médico sonrió—. Le aseguro que él y yo no tenemos nada en común, nada.

Surdinamail los miró apreciativamente. Le hubiera gustado tenderse al sol, pero tampoco se estaba mal allí. La vieja señora del kiosco puso la pava con agua sobre el primus y sacó el tarro de yerba del estante de abajo. Gaspar sabía que Agustina lo estaba mirando y Juan Gervasio caía en el extremo al que siempre se había prometido escapar, de amenazar a Bébé con suicidarse si no volvía con él. Bébé era cruel, estúpido y hermoso y Juan Gervasio pensó por primera vez de veras en la muerte mientras lo decía. Sabina se adelantó a recibir a Alberta que apoyada en su bastón de puño de oro con tres ojos de rubíes, entraba por la puerta de la sala flanqueada por Ofelia y Aglae. El canillita le largó una patada a un perro vagabundo que había venido a olisquear las puertas de chapa verde del puesto.

—Me siento hermano de ciertos otros personajes —dijo el médico—, y ésa es una de las razones por las cuales quiero pasar un día en el Museo, Pitágoras de Samos, los Cinco Emperadores, Artolgelos Eridu, Jost Aar, Paul Delvaux.

—Debe faltar bastante para las doce.

—Apenas un par de horas.

—¿Ya son las diez? Pero de todas maneras, un par de horas es mucho tiempo.

—Nada, lo que se dice nada. Claro que eso se lo digo yo, que estoy de vacaciones, a usted que es un hombre ocupado. Usted puede hacer infinidad de cosas en dos horas; yo a lo sumo podría intentar un partido de Yitu, o podría caminar hasta el puerto, o leer una novela de espionaje.

—Perdón. Un partido de qué.

—De Yitu.

El hombre del traje deportivo pensó en el Capitán a quien Surdinamail tal vez quizá recordaría también.

—El Yitu —dijo el médico— es un juego muy antiguo. Se llama en realidad La Trampera o el Exágono de Yitu.

—Qué cosa más rara. Le confieso que no he oído hablar nunca de ese juego. En mi juventud, y siempre como entrenamiento, jugué bastante al bridge y al ajedrez. Al póker a veces, cuando uno era muchacho. Y ahora están esos juegos nuevos de los que todo el mundo habla, pero a ese que usted dice no lo conozco.

El médico volvió a sonreír:

—¿Esos juegos nuevos no son nada nuevos, sabe? Y el Yitu tampoco. Tengo entendido que es antiquísimo.

—¿Se juega con naipes?

—Se puede jugar con naipes. O con fichas, o con fósforos, o con botones o con semillas o con cualquier cosa, incluyendo cantos rodados, monedas, piezas de ajedrez, cualquier objeto que pese en las manos.

—¿Y es muy complicado? Debe ser muy difícil de aprender, quiero decir.

—Sí y no. Usted puede mantenerlo dentro de una simplicidad infantil, o puede ir enriqueciéndolo hasta que todos los jugadores son a la vez ganadores y perdedores, y entonces puede, o dejárselo en suspenso, o iniciar una nueva etapa en la que están incluidas las condiciones de las anteriores. Tengo entendido que las reglas y todas las combinaciones posibles, que no son infinitas como podría creerse, están especificadas en algún libro que trae un capítulo sobre los juegos, pero nunca he podido encontrarlo.

Maximiliano Enrique Calcedo supervisaba la colocación del camino alfombrado en la escalinata central del Museo.

—El director bien podía haberme avisado que se iba a postergar la conferencia —rezongó—. La semana que viene va a haber que limpiar de nuevo todas estas porquerías.

Ya estaba viejo y soñaba con la jubilación, en cambio Bébé, nadie podría imaginar que sería viejo nunca, que estaría muerto, que no estaría, ahora que se estiraba en el sofá, sonreía.

—Es muy fácil de recordar, sobre todo después de haberlo jugado una vez. Está basado en la ciencia de los posibles y tiene una historia semifantástica. Cuenta la leyenda, o al menos las leyendas cuentan que cuenta la leyenda, que un cazador llamado Yitu fue sorprendido por el demonio Felibelel-od y encerrado en una prisión de forma exagonal. Tal vez lo hizo por pura maldad, o porque envidiaba la maestría de Yitu. Pero le advirtió que no saldría nunca de allí, ya que existía una sola manera de hacerlo, que el pobre cazador no podría encontrar. Yitu, privado de los campos de caza, moriría de tristeza. De modo que se esforzó por llegar a la solución. Y en eso consiste el juego.

—¿La encontró?

—Es claro.

El médico rebuscó en sus bolsillos y terminó por sacar un pedazo de tiza blanca con el que hizo un dibujo sobre el banco.

—Esto —dijo— es la prisión de Yitu, a la que los matemáticos vinieron a descubrir mucho después y que ahora conocen como curva de Peano. Dicen, ellos dicen, y yo no he probado que no sea cierto, que al llegar a sus últimos límites, no es más que un cuadrado negro. Pero nunca he jugado al Yitu durante tanto tiempo y con tanta circunspección como para enterarme.

—Un momento. Usted dijo una prisión de forma exagonal y esa figura tiene uno, dos, tres, cuatro, espere —una pausa—, trece lados y además está abierta.

—Sí, pero y qué —dijo el médico—. El hecho de que esté abierta no significa que uno pueda salir de ella cuando uno está adentro. Y qué es trece sino seis más uno, es decir dos exágonos en uno solo, porque la unidad no es una cifra sino un principio, de modo que no mueve a la suma sino a cualquier otra cosa, en este caso a la identificación.

Surdinamail asintió y el hombre del traje deportivo comenzó a comprender la claridad del asunto. El mozo del Rhodas leía los pronósticos para las carreras del domingo mientras se tomaba un café en la cocina. Sabina admiraba a Alberta, la había admirado siempre, y cuando chica también le había tenido miedo. La hizo sentar en el sofá y reservó para Ofelia y Aglae dos lugarcitos marginales, junto a las aristas de algún mueble, con una sonrisa, una sonrisa triste.

—Se empieza con tres cartas o tres fichas. Veamos —sacó una caja de fósforos del bolsillo del pantalón y la vació sobre el banco—. Tres para usted, tres para mí. Son seis. Usted y yo somos el exágono y al mismo tiempo el cazador y el demonio que lo hizo prisionero. Ubique los fósforos donde le parezca, en líneas o en ángulos, de a uno o juntos, y yo hago lo mismo, así. Ahora, cada jugada que uno gana se llama un acecho, es decir, Yitu al acecho de la presa en los bosques cuando era libre, y el demonio al acecho del cazador, y el cazador, Yitu, al acecho de la oportunidad para escapar. Y cada acecho acredita otro exágono y se reparten más piezas. Por ejemplo.

—Sí, pero, quién mueve primero.

—Ah, eso no tiene importancia. Cualquiera de los dos. Mover el primero no da ventajas ni desventajas. En este juego, al contrario de lo que sucede en el ajedrez, hay que ser rápido; y al contrario de lo que sucede en el póker, es imposible ocultarse.

—Entonces mueva primero usted, que conoce mejor que yo las reglas.

El médico tomó un fósforo y empujándolo, lo deslizó por sobre las líneas del dibujo. Tal vez en ese momento los Escribas hayan interrumpido por un instante sus tareas y hayan alzado los ojos hacia el banco sobre el cual se iniciaba el primer acecho o tal vez fue entonces cuando dejaron de oírse los gritos en la Casa de los Juncos y los criados se tranquilizaron. Lo cierto es que, cerradas una vez más las puertas dobles, el heredero a su pesar del inglés loco fue hasta el escritorio y destruyó uno a uno todos los poemas dedicados a Virginia: eso fue mucho antes del episodio de la víbora, pero se había visto en miles de millones de mundos de todas las edades, y le bastaba. Juan Gervasio, babeante y feo, estallaba herido en todos los flancos por la compasión que sentía hacia sí mismo y en la casa se hablaba seriamente y en voz baja mientras se esperaba. El mozo del Rhodas hacía anotaciones en los márgenes de la hoja del diario, y la vieja señora del kiosco tomaba mate reflexivamente, pensando en el futuro.

—Pero muy bien, excelente —dijo el médico—. Un nuevo acecho para usted.

Eran las once y media de la mañana y sobre el banco había seiscientos sesenta y seis fósforos.

—De todas maneras usted me lleva mucha ventaja.

—Aparentemente, nada más. Vea que con esta movida entramos a otra fase del juego. Ahora accedemos a las categorías, que son tres, es decir la mitad de seis, lo cual significa que con sólo medio acecho se pueden ganar dos. Las categorías son ante, cabe y so, y dependen de la tangente, que por otra parte no existe, de la curva que después vino a llamarse de Weierstrass.

Nuevamente la tiza trazó un dibujo, esta vez superpuesto al anterior.

—Y ahora —explicó el médico—, como puede ver, existen muchísimas más posibilidades de movimiento. Seiscientas sesenta y seis por seiscientas sesenta y seis más que hace dos jugadas, si no me equivoco.

El otro hombre movió seis fósforos, tres sobre una de las figuras, tres sobre la otra. Los ojos de Surdinamail seguían las idas y venidas de los dedos de los jugadores. El médico reflexionó y movió treinta y seis fósforos sobre una sola de las figuras.

—Con eso me encierra —dijo el hombre del traje deportivo—, no me deja más posibilidades de volver a mover.

—Es claro. Pero fíjese que yo tampoco puedo volver a mover.

—¿Y entonces por qué hizo esa jugada?

—Porque así al mismo tiempo se nos abre a los dos un único camino —dijo el médico.

El otro hombre miró las líneas y los fósforos y los ángulos y vio un dibujo tan claro y conmovedor como un retrato, como el plano de una ciudad visitada pero nunca más vuelta a ver.

—Si yo me muevo por ese único camino —siguió—, no lo cierro sino que al contrario lo dejo abierto para que usted haga la misma jugada, y viceversa.

—Claro —comprendió el otro.

Jugaron por turno.

—Y así fue cómo Yitu salió de la trampa exagonal —dijo el médico—, supongo, eso es un comentario personal, mucho más rico y más sabio que antes.

—Con lo cual termina el juego.

—De ninguna manera.

—Es que si el cazador ya está libre.

—Sí, ¿pero cuántas veces puede salir un hombre de una prisión? Respuesta: tantas como puntos haya en el plano recorrido por las curvas, es decir que podríamos seguir jugando durante aproximadamente seiscientos mil millones de años.

—Sorprendente, mi estimado señor, sorprendente.

Eran las doce menos cinco. Si bien el hombre del traje sobrio deportivo no había estado nunca en el Museo, no cabía duda de que existían gentes para las cuales una visita de ese tipo era interesante, atrayente y quizá hasta imprescindible. Prueba de ello era que varias personas habían pasado por el sendero en dirección al edificio blanco mientras los dos hombres jugaban al Yitu. Ellos no les habían prestado atención, absorbidos como estaban por la necesidad de los acechos, pero Surdinamail había tomado buena cuenta de los visitantes y ahora los dos hombres también los miraron con una curiosidad distante. El médico guardó algunos fósforos en la caja y apiló los sobrantes prolijamente sobre los dibujos ya un poco borrados por el roce.

Las puertas del Museo se deslizaron silenciosamente sobre los rieles engrasados. Maximiliano Enrique Calcedo se paró a la entrada, relucientes los alamares del uniforme de jefe de bedelía, las manos enguantadas cruzadas a la espalda.

—Cien ganadores.

—No te das cuenta de lo que estás haciendo conmigo.

—Va a ser un invierno húmedo, eso seguro.

—Gracias, muchas gracias, Agustina está ahora con ella.

—Sale recién el jueves y decile que me debe la de la semana pasada.

—Por los amigos van a hablar Emilio Cardoso y Salvador Estévez, eso me han dicho.

—Desde esta mañana que no hago más que estornudar.

—Era hora, eh. Desde las diez y media que los estoy esperando.

—¡Cuidado!

—¿Qué pasa? —preguntó el portero.

—¡Que se ha metido un gato en el Museo! —gritó Maximiliano Enrique Calcedo—. ¡Un gato negro! ¡Avisá a todos los muchachos y que me lo saquen inmediatamente de aquí! Buenos días, señores.

—Buenos días.

—Buenos días —dijo el médico—. ¿Hay alguna muestra especial hoy?

Maximiliano Enrique Calcedo miró desolado a su alrededor solamente para comprobar que todos los demás habían desaparecido en busca del gato negro. Tratando de que su dignidad sufriera lo menos posible, caminó hacia el mostrador, las manos tristemente descruzadas, y retiró dos catálogos.

—¿Cuánto es? —preguntó el médico.
—Permítame, por favor —dijo el otro hombre.
—Pero no, tenga en cuenta que soy yo el que lo ha arrastrado hasta aquí.

Y alargó hacia la mano derecha enguantada dos billetes que Maximiliano Enrique Calcedo guardó discretamente, no en el cajón del mostrador sino en el bolsillo ribeteado de cordones de seda dorada.

—Tengo interés en ver la iconografía apócrifa de Polinices ante todo —dijo el médico pasando las hojas del Catálogo sin detenerse en ninguna de ella.

—Sala Pheagara III, señor, planta baja a su derecha —dijo Maximiliano Enrique Calcedo.

—Ah sí, gracias —y al otro—: ¿Viene conmigo?
—Voy a dar una recorrida por ahí.
—Bien, bien. Encuéntreme cuando cierren. Podemos ir a tomar una copa en el subsuelo. Hay un bar que está abierto hasta medianoche, saliendo, una puerta que va a encontrar al costado de la réplica del Dardaqués Triunfante.
—Cómo no.

Se quedó parado en medio del vestíbulo blanco rodeado de arcadas y presidido por la escalinata con su camino de alfombra roja vetusta, asegurada con barras de bronce reluciente que terminaban en ambos lados en caras de Gorgonas sin cuerpo pero con infinidad de garras atornilladas sin duda a pequeños agujeros en el mármol. Abrió la tapa color magenta del Catálogo: la primera página estaba en blanco. La segunda decía:

proemioioe

La Dirección del Museo se honra en proponer para la temporada del año que transcursa, además de las obras y las arquitecturaciones que presuponen desde años y años ha la paciente destinación de un acervo mosaicado en investigaciones, compilaciones, determinaciones, mediciones, comprobaciones y revisiones, a las almas ávidas y al germen y numen de todo solaz y toda elevación anímica, las colecciones que se detallan en los folios que subsiguen.

Determinada desde su establecimiento y desde entonces por tradición y por convicción, a no permitir jamás la imperpetuación de la labor de imbricaciones culturales y artísticas que responden a los avatares de la más lata y compleja realidad del Ser, esta Dirección, y a su vez Aquellas que en legión impausa marcaron el Norte de las aspiraciones siempre objetivizadas en obras palpables "d'inanités sonoros" como expresara el Poeta, y visibles, audibles, sensibles, distinguibles y deitables si a esta Dirección le está permitido en virtud de la indesmentida benevolencia del Público Multiasiduo, agregar, la Dirección, el Concejo, el Buró y la Junta, cuadrihermanados en la improbísima Hercúlea Tarea, brindan cornucopiamente aunque asimismo con la humildad del ignaro glebario, los luminiscentes, a veces ásperos, siempre abundososísimos frutos del Arte, el Ingenio, la Sabiduría, el Discernimiento, la Agonía, la Lucidez, el Enfrentamiento, el Asombro, la Forma Incantatoria, el Absoluto descendido a los Arcánidos en forma de Luz de los Empíreodos.

Francisco Spizzi
Director

Había un efebo (Bebé) que le ofrecía un mármol al pie de la escalinata; una vieja Parca (Alberta) que bailaba en una tela oscurecida por el tiempo y también con seguridad por tantas otras temporadas en otros museos. Es decir y hasta ahora, nada interesante: cerró el Catálogo y subió la escalera. Al pisar el séptimo escalón, Juan Gervasio aulló como un poseído. En la Sala Pheagara III el médico se compadecía de Polinices. Arriba, en otro vestíbulo idéntico aunque un poco desplazado hacia el fondo del edificio, al de abajo y con respecto a él, dudó con el Catálogo en la mano entre la arcada de la derecha y la de la izquierda y eligió la de la izquierda, largo corredor después de ella flanqueado por desnudas estatuas doradas rígidas. Entró en la primera Sala después de consultar el Plano página 126 del Catálogo: Sala Serdematíada XXV, y el Noveducto página 98: "Pintura Persoultroanalogística Contemporánea". Por los paneles de vidrio esmerilado cerca del techo entraba un luz tamizada muy agradable, muy agradable. Un largo asiento de felpa roja en medio de la Sala, y los cuadros cómodamente asentados en las paredes opacas. El primero empezando por la izquierda a partir de la puerta se llamaba "Sonrientes Mucopolisacáridos", óleo sobre lucilio torneado, 120 x 90 cm. S. Reinkidney, 1931, propiedad del Museo y era una cosa desoladoramente paisajística en la que tres muchachos se consumían en una hoguera verde de tan rojiza, en medio de un campo amarillo, atados a un impávido robot con ubres de vaca. El fuego había devorado ya en parte las carnes de las víctimas y se veían los huesos blancos y un amasijo de vísceras allí donde correspondía, pese a lo cual los muchachos estaban todavía vivos. Sobre la misma pared, un poco más allá, "Vigilia", óleo y materiales diversos sobre carey escalfado, 60 x 190 cm. L. Gore-Pueyt, 1940, propiedad del Museo: una boca entreabierta de labios blancos en la cual cada incisivo era un nomeolvides petrificado, cada colmillo un cascarudo, y cada uno de los premolares que alcanzaban a verse, la esfera de un reloj pulsera de señora, todo encolado al carey menos la pintura al óleo blanca de los labios y la pintura al óleo violeta de la lengua húmeda dentro de la cavidad que había sido aplicada directamente después de raspar la materia base, algo muy interesante, espontáneo, sin rodeos ni anécdotas, algo que hace pensar en los Don Quijote de bronce sobre pies de ónix que regalan los clientes agradecidos. Después, ya casi contra el ángulo, el "Planisferio de las Subjunturas", cromo al yeso, 85 x 100 cm. B. Dago, 1937 (?), propiedad del Museo, hermético pero muy sedante, tal vez por esa impresión nubosa que daban las líneas curvas difuminadas tras las cuales se adivinaban apenas las mandíbulas de los orangutanes y las velas desplegadas al viento: apacible, podría decirse.

La Sala estaba dominada por la gran pintura en la pared

frente a la puerta de entrada, una tela monumental, "Servicios Prestados al Grandíflamo" óleo y materiales diversos, 300 x 400 cm. C. N. Dufuilless, 1930, propiedad del Museo. En primer plano un campo de girasoles y atrás una enorme araña: aparente simpleza del tema y la concepción, pero sólo aparente, ya que los pétalos de los girasoles eran cristales de aumento cuidadosamente moldeados en forma de pétalos de girasol y cubiertos por óleo amarillo, sus centros ojos de vidrio de animalitos de juguete, sin pintar y apretadamente dispuestos, y la araña monstruosa que no alcanzaba a esconder del todo un paisaje más lejano de primorosos perfiles seudorrenacentistas, sobresalía de la tela, construida con bolitas de excremento de oveja pintadas de negro al óleo una por una.

Admiró durante un rato esa tela colosal de la que había oído hablar y que había atravesado el océano más de una vez para exhibirse en los más importantes museos del mundo asegurada en cientos de miles de dólares de los buenos. Consideró que después de eso podía dejar de lado el resto de los cuadros de la misma Sala. Salió al corredor y consultó nuevamente el Catálogo: la siguiente era la Sala Purtu XV: Escultura. Allí, bajo los mismos paneles de vidrio esmerilado, ciento sesenta y tres Venus Armoricanas se peinaban con el brazo izquierdo en alto, se sostenían la túnica a la altura de las caderas con la mano derecha y levantaban un poco la rodilla para que o se marcara bien la redondez de la nalga de ese lado, o quedara el pubis oculto a las miradas. Como las que eran de hielo empezaban ya a derretirse y torcían lastimeramente las bocas, se fue sin detenerse a mirarlas una a una.

En la Sala Thraisoldomea IX se exponía: "Las Esfinges". Sobre una inmensa llanura de arena blanca, la avenida flanqueada por las Esfinges se extendía hasta un horizonte impreciso. Podría decirse, sin exagerar, que el espectáculo era imponente. Cada esfinge medía 3,45 m de altura; todas eran aladas, con garras de tigre dientes de sable, cuerpos de mujer cubiertos por escamas, y sus caras estaban calcadas de la mascarilla fúnebre del joven cardenal Amedeo Tito Collischiggiano, el favorito de aquel Papa que hizo sepultar para hacer honor a uno de sus caprichos los restos de la Torre de Babel, pero lucía el aditamento de una lengua bífida enroscada sobre sí misma en las puntas, que aparecía por entre los labios abiertos en una apacible última sonrisa de beatitud.

Caminó por el centro de la avenida ciclópea, de ningún modo molesto por la presencia de las Esfinges que sin mirarlo tenían los ojos fijos en un Edén de bienaventuranza. Desde atrás del pedestal de la decimotercera Esfinge de la derecha, apareció demudado un jovencito imberbe, con el uniforme rosa salmón de los Auxiliares Novenos, que dijo como queriendo hacerse perdonar:

—Busco un gato, y desapareció detrás de la decimocuarta a la izquierda.

Estuvo un rato muy largo paseando entre las Esfinges, se les acercó, las estudió atentamente, acarició los pechos de una de ellas mientras la de al lado gemía dulcemente de placer, pero la estatura de las criaturas de piedra azul reconstituida hacía que no fuera ése un ejercicio ni cómodo ni conveniente, por satisfactorio que fuera para su cima inmortal. Algunas de ellas lloraban cuando traspuso las puertas para salir al corredor.

En las dos Salas que seguían había exposiciones que no le interesaban: Sala Malaba XI, "La Historia Antes, Mediante y A Través de la Historia", y Sala Verarara III, "Cerámicas Fálicas y Esofágicas de la Alta Edad Media en la Europa Central". Pero en la Sala Efpántides Dolu XXXIX había algo llamado "Tecnología y Educación de Masas". Entró pues a la Sala, que había sido acondicionada como un vagón de tren de tercera clase, un vagón estrecho y sofocante con bancos de madera deslustrada por el roce de las nalgas y de las manos, y se sentó en el lugar marcado con el número 46 de donde lo echó de mala manera un individuo grosero que llegó después que él pero que exhibió un boleto con el número 46 precisamente. Salió al pasillo del vagón y miró durante cuarenta y cinco minutos cómo el tren se esforzaba en medio de una oscuridad creciente por avanzar sobre una planicie terrosa y desierta. Pasó al otro vagón que resultó ser la calle de las rameras de una ciudad en guerra, en donde, cual más cual menos, todas las mujeres son rameras y todos los hombres son soldados y todos los altoparlantes gritan canciones marciales y partes del frente en cada esquina de modo que si uno se para a mitad de cuadra corre el serio peligro de ser tomado por un espía enemigo, cosa que le sucedió y por lo tanto fue sistemáticamente y por turno riguroso y jerárquico violado por todos los guerreros y acuciado por todas las rameras de la ciudad y terminó por ser depositado en un calabozo en el cual había ya quince ratas y un sujeto inmundo cubierto de llagas que le alcanzó la llave de la puerta al grito de "Adelante sin temor y con coraje que la Victoria Alada te espera hermano mío", cuya llave abrió la puerta del calabozo junto a la cual un General de División que montaba guardia lo saludó marcialmente y le ofreció un mate amargo que él se vio obligado a rehusar explicando que no le sentaba bien al hígado. El corredor subterráneo de la prisión lo condujo hasta el patio central del frigorífico tomado por sus obreros, en el cual había una asamblea y donde encontró ya mediado el discurso del compañero Atilio Athiliaddes, sección chacinados, quien en ese momento se desgañitaba para que lo oyeran desde los más recónditos socavones ya que las fuerzas especializadas en represiones de huelgas habían cortado estratégicamente la corriente eléctrica en el establecimiento y no se podían usar los altoparlantes: "...no nos importa que los dioses tengan hambre, no nos importa que los emperadores tengan hambre, no nos importa que los reyes tengan hambre, que los obispos tengan hambre, que los gerentes tengan hambre, que los marineros, los lambeculos, los cánidoflatófagos, los liróforos y los retienebraguetas tengan hambre. Nosotros tenemos hambre" y ante el verbo inflamado la multitud se lanzó contra los portones custodiados, arrasó la resistencia de las así llamadas fuerzas del orden y procedió a beber con deleite la sangre que manaba por fin de las yugulares abiertas por sus dientes en los cuellos de todos los que caían a su paso mientras el compañero Atilio Athiliaddes los alentaba con la última parte inaudible de su arenga. Brincó por las calles y las plazas confundido con el río de gente gozosa que a cada metro recorrido sentía la satisfacción de ver cómo disminuía su hambre. Los ahítos se iban quedando atrás, sentados en los bancos, en el suelo, en los alféizares, contándose unos a otros recuerdos de la infancia y aventuras amorosas en su mayor parte inciertas o decididamente falsas, hasta que finalmente quedó solo en uno de los senderos alguna vez cubiertos de granza del Parque del Museo.

Eran las diecinueve y cincuenta y cinco, el Museo ya estaba cerrado y el buen doctor de los anteojos negros lo estaría esperando en el bar del subsuelo, quizá. El Rhodas estaba lleno de gente y los mozos no daban abasto. Llegaban a la casa los dirigentes del Partido para acompañar el traslado, Bébé alentaba todavía en medio de un charco de sangre, la mujer del séptimo piso tenía 37° 4' y Surdinamail empezó a caminar a su lado, en su misma dirección. El mensajero le decía al Hugo que ése era un trabajo en el que no se progresaba.

Por la calle del Centenario en sombras volvió hasta el rond-point de la Avenida Gall y desde allí hasta la casa cuya puerta abierta cerró cuidadosamente a sus espaldas. No había nadie en el vestíbulo, nadie salvo el marquesito y Surdinamail y él, pero en la biblioteca se oía la conversación de muchas voces y todas las arañas estaban prendidas. Estaba seguro de que no era su cumpleaños ni el aniversario de su casamiento: tal vez Sabina que está siempre pendiente de esas cosas de familia, o un té de beneficencia. Subió hasta el dormitorio y una vez allí adentro, tranquilamente, sin sobresaltos, sin inquietudes y sin memorias, se fue desvistiendo y guardando la ropa, se puso el piyama mientras el hocico de Surdinamail se iba cubriendo de sangre roja, y se acostó en la cama y cuando estuvo acostado así de espaldas, bajó del todo los párpados.

—Lo que voy a hacer —le confió al Hugo— es estudiar electrónica, ahí sí que hay porvenir, eso es lo que voy a hacer.

Impreso en los talleres gráficos de
La Cuadricula S.R.L.
4302-2014
Buenos Aires, febrero de 2005.